KB169601

이번 생은
나 혼자 산다

외로워도 슬퍼도
발랄 유쾌 비혼 라이프

이번 생은
나 혼자 산다

엘리 지음

카시오페아
Cassiopeia

오직
내 선택과 의지로
굴러가는
인생을 위하여!

"가족은 꼭 만들어야 하는 거야."

김이 모락모락 올라오는 소고기뭇국을 국그릇에 덜어 담는 엄마의 말에 찬바람이 일었다. 식사 시간 내내 종달 새처럼 조잘조잘 잘만 떠들더니, 결혼과 출산이 화두로 떠오르자 말 없는 보초병처럼 입을 딱 닫아버린 장녀 때 문이었다. 옛말에 "큰딸은 살림 밑천"이랬건만, 이놈 집 구석의 장녀는 쪼끄마할 적부터 그런 기대에 부응할 생 각이 일절 없어 보였다.

몇 년 전만 해도 그렇다. 남의 집 자식들은 취업 못 해 난리라는데, 정작 본인은 잘 다니고 있던 멀쩡한 직장을 덜컥 때려치우고는 프리랜서인지 디지털 노마드인지를 하겠다며 한바탕 속을 뒤집어놓지 않았던가? 그 뒤로 한 1~2년 잠잠한가 싶더니, 이제는 비혼인지 1인 가구인지를 하겠단다.

"얘는 왜 대답이 없어? 남편 자식 있어야 노년에 안 외롭지!"

"외로운 거랑 그거랑 뭔 상관이람?"

"늙어서 여기저기 아프기 시작해봐라. 누가 지극정성 으로 돌보고 챙겨주겠어? 그럴 땐 가족밖에 없는 거야.

"요새 간병인 보험 괜찮은 거 많이 나와. 게다가 나 늙을 때쯤엔 노년 인구가 청년 인구보다 많아져서 각종 기업에서 실버 세대를 겨냥한 제품이나 서비스 등을 마구잡이로 쏟아낼 텐데, 뭐가 걱정이야?"

손주나 보며 노년에 소일거리를 하고 싶었던 엄마의 소망이 와르르 무너지는 소리가 들리는 순간이었다.

"언제까지 그렇게 철없이 살 거야? 네 또래를 봐라. 일찍 결혼한 애들은 벌써 애가 있어요. 너 사촌 N 알지? 걔는 직장 들어가자마자 26살에 바로 결혼식 올렸잖니? 쌍둥이 아들 둘이 내년이면 초등학교 들어간다더라. 어찌나 부러운지…. 초등학생이면 이제 다 키운 거지 뭐."

"아요~ 엄마! 그건 그 사람들 인생이고."

딸은 아주 넌더리를 쳤다.

"직장이건 가족이건 안정적인 게 최고인 거야."

이제는 집안의 장녀가 얌전히 공무원 시험이나 치르고(무조건 '7급'으로) 가정이란 울타리 안에 정착하길 바라는 엄마. 그러나 딸은 이미 새로운 곳으로의 출항을 위해 닻을 올리는 중이다. 엄마는 배에 선적 중인 딸의 짐 보퉁이를 부여잡으며 말한다.

"너는 육지에서 태어난 아이인데 왜 자꾸 바닷길로 나가려고 하니?"

"엄마, 배를 오래 탄 사람들이 그러는데 몇 년 만에 육지를 밟으면 오히려 세상이 뒤집히는 느낌을 받는데."

"다른 사람들이 널 뭐라고 보겠어?"

"몰라. 알 게 뭐야. 지네들 인생이나 똑바로 잘 살라고 하지 뭐."

딸은 생각한다. 대관절 남들이 '보기에' 번듯한 모습을 갖추는 게 뭐가 그리 중요하단 말인가? 한스 안데르센Hans Andersen의 동화 《빨간 구두》를 떠올려보시라. 빨간 구두의 화려함에 현혹돼 치러야 했던 대가가 무엇이었는지. 발목이 잘려나가고 나서야 춤추는 것을 겨우 멈출 수 있었지 않았던가?

우리는 바람을 타고

'훨훨' 날아간다,

꽃이 아닌 하나의 불꽃이 되어

    내가 겪었던 바와 같이 주변에 비혼을 지향하는 친구들의 이야기를 듣다 보면 이러한 참견을 받은 경험이 있었다. 장녀면 장녀라는 이유로, 성인이 되었으면 성인이 되었다는 이유로, 또 사회가 정의한 혼기 연령대가 되었다는 이유로 주위에서 "혼기 놓치면 아무리 똑똑하고 잘났어도 말짱 도루묵이야", "예전에는 스물셋이면 이미 결혼하고도 남았다"며 너도나도 한마디씩 거들었다. 혹여 가족이나 지인들에게 비혼 선언이라도 했다면? "네가 아직 심적 여유가 있으니까 그래, 마흔만 되어봐라"부터 해서 "혼자 살면 얼마나 외로운 줄 아느냐", "늙어서 어디 몸이라도 아파봐", "막상 좋은 사람 만나면 결혼하고 싶어질 거다"라는 말까지 귀에 딱지가 생기도록 듣게 된다. 비혼을 입에 올릴 수 있으려면 중년과 노후 대책이 완벽하게 짜여 있어야 하는 듯이. 가만 보면 사람들은 유독 혼자 사는, 혼자 살 것이라는 사람들에게 박하게 대하는 것처럼 느껴진다. 마치 비혼 인구들이 꼭 '그렇게' 살기를 바라는 것처럼 말이다.

이 책 《이번 생은 나 혼자 산다》는 네이버 연애·결혼 판에서 연재한 칼럼 〈휠휠단신〉을 바탕으로 쓰였다. '휠휠단신'이라는 칼럼의 제목은 '혈혈단신'을 변형해서 만든 신조어다. 혈혈단신은 의지할 곳 없이 외로운 홀몸이라는 옛 사자성어다. 영어로 해석하자면 'Single and lonely' 정도가 되려나? 하지만 나는 이 의미를 멋대로 한번 비틀어봤다. 단신Single이라는 단어 앞에 '휠휠'이라는 새로운 부사를 입힌 것이다.

휠휠은 '날짐승 따위가 높이 떠서 느릿느릿 날개를 치며 매우 시원스럽게 나는 모양'이라는 뜻도 있으면서, 동시에 '불길이 세차고 매우 시원스럽게 타는 모양'이라는 뜻을 가졌다. 내가 지향하는 이상적인 삶의 태도와 같다. 여유로우면서도 자유롭게 날갯짓하는 홀로! 또 타오를 때 열과 성을 다해 화마처럼 폭발적인 에너지를 내는 홀로! 고로 'Single and Freely!' 무엇보다 시대가 바뀐 만큼 '혼자는 외롭다', '혼자서는 살기 어렵다'와 같은 편견에서 벗어날 법도 하지 않은가? 그런 의미로 '혈혈'을 '훨훨'로 바꿔 전통적 가족관에서 벗어나 홀로서기를 다짐한 사람들 역시 인생에서 충분히 나름의 여유와 행복감을 느끼며 살아갈 수 있음을 전하고자 했다.

사실 이 책을 처음 구상하게 된 계기는 나, '엘리'를 위해서였다. 현재의 나는 사회적·경제적·개인적 이유들로 인해 비혼을 굳게 다짐했지만, "사람 인생 어떻게 될지 모른다"는 말마따나 앞으로 있을지도 모를 다양한 변수(ex. 호르몬의 농간, 환경의 변화 등)에 이 다짐이 흔들릴 수도 있지 않을까 싶은 생각이 들어서였다. 그러니까 한마디로 '외로워서', '혼자 나이 드는 것이 두려워서', '경제적인 문제로', '주변 사람들이 다 결혼할 때 나만 안 하면 이상해 보이니까' 등의 이유로만 덜컥 기혼을 선망하게 되는 회피형 기혼 선망자가 될까 두려웠던 것이다.

두려움이 특정 행위(결혼)의 동기로 작용한다니, 이건 정말 포식자가 쫓아오는 것이 두렵다고 사막 모래에 고개를 처박는 타조와 별반 다를 바 없지 않은가? 따라서 제정신 멀쩡(?)할 때의 내가 최대한 이성적인 사고로 적어내려간 문장, 이른바 비상 작동 중지 Emergency Stop 버튼이 필요했고, 이 책을 쓰게 됐다.

다분히 개인적인 이유로 시작된 글쓰기였으나, 나와 같은 처지에 놓인 또는 놓일지도 모르는 동지들을 위해 그들의 멘탈에도 일말의 도움이라도 되었으면 하는 바람을 담아 이 버튼을 공유한다. 지금 이 순간 1인 가구의 길을 걷고자 하는 사람은 물론이거니와 예비 1인 가구, 또는 '도대체 이런 주제로 글을 쓰는 애들은 어떤 정신머리로 살아가는 건가'라는 문화 인류학적인 관점에서 접근하는 사람들도, 이미 가정을 꾸린 기혼인들도 모두 다 환영이다. 원래 복작복작할수록 애기할 맛이 나는 법 아닌가?

자, 어쨌거나! 이걸로 모든 출항 준비는 끝났다. 드넓은 바다에선 우리 각자가 배의 절대적 독재자이자 선장이다. 이제 갑판에 올라라 선원이여! 그리고 고개를 들어 지평선을 바라보라! 벌써 환하게 해가 돋고 있지 않은가? 이제 닻을 올린 배는 부두에서 바다 쪽으로 뱃머리를 돌린다. 돛이 펴지고, 배는 미끄러지듯 항구를 빠져나간다. 우리 눈앞에 놓인 것은 끝도 없이 탁 트인 넓고 푸르른 바다다. 부디 포르투나 여신의 은총이 우리의 여정 시작과 끝까지 함께하기를!

차례

프롤로그 오직 내 선택과 의지로 굴러가는 인생을 위하여! 004

PART 01
나 하나 키우기에도
충분한 삶

하지 않을 권리 018 | 버진로드 022 | 좋은 남자는 새치다 027 | 개체수 조절을 위한 제2세대 생산 038 | 나를 망치러 온 내 인생의 구원자, SNS 045 | 짝이 없어 슬픈 그대여 슬퍼 말게나, 원래 짚신은 제 짝이 없다네 053 | DON'T BE SILLY, DARLING 057 | 많은 사건이 발생할 것 같은 그런 오후 063

PART 02
외로워도 슬퍼도
홀로 멋지게 사는 법

작가님, 혹시 요새 외로우세요? 074 | 비혼 1인 타운 하우스 086 |
역마살 092 | 문어가 문워크하는 법 100 | 실시간 현관 앞 영상 확
인 110 | 혼자 사는 삶의 진정한 장점(반박 안 받음) 119 | 우산은
없지만 떡볶이는 먹고 싶어 127 | 감정의 자작농 134 | 나의 축제
를 위하여 140

PART 03
지속 가능한
비혼 라이프를 위하여

데이트 말고 네트워킹 148 | 당신만의 속도 156 | 언니! 나 먼저 가
연 161 | '정상 가족' 궤도를 이탈한 주거 난민들 168 | 법 밖의 새
로운 가족, 생활동반자 185 | 다른 이들에게 들어갈 문 198 | 호시
절好時節 207

에필로그 이렇게 이상하고 슬픈 나라에서

어쩌다 사랑에 빠졌다고 결혼하지 말자 212

부록 언어의 프레임이 곧 권력이 된다 220

참고 문헌 236

PART 01

나 하나 키우기에도
충분한 삶

하지 않을
권리

2016년 여름을 기억한다. 강남역 살인사건을 시발점으로 SNS를 비롯한 각종 매체에서 여성 인권 관련 문제와 이슈들이 봇물 터지듯 나오기 시작했던 때다. 혼란의 틈바구니에서 나는 그동안 막연하게 부조리하다고 느껴왔던 것들이 단순한 개인적 감상이 아니라 그 이면에 더 거대한 사회적 이해관계가 얽혀 있다는 사실을 처음으로 깨달았다.

그중 하나가 바로 사적 영역에서의 '하지 않을 권리'였다. 독박 육아하지 않을 권리, 독박 가사하지 않을 권리, 대리 효도하지 않을 권리 등 당시 많은 기혼 여성이 사적인 영역으로 치부되는 가정에서 일어나는 일들에 대해 목소리를 냈다. 결혼 후 이행해야 하는 책임과 의무만 주입하는 사회 속에서 거부권을 행사하고 문제를 제기하는 것 역시 자신의 권리 중 하나라는 것을 새삼 일깨워줬다.

주변에 좋은 남편과 사적인 영역에서의 형평성을 이루고 안정적인 가정을 꾸리며 잘살고 있는 사례도 충분히 찾으려고 하면 찾을 수 있을 것이다. 그러나 그것 또한 끊임없는 설득과 토론을 통해 쟁취한 결과물이었을 것이라는 생각이 들자 결혼에 대한 환상이 사라져버렸다. 누군가 운이 좋아 이상적인 가정을 꾸리는 데 성공했더라도 그것이 곧 모든 여성이 '하지 않을 권리'를 제대로 보장받고 있음을 뜻하는 것이 아니라는 사실을 알게 됐기 때문이다.

이 사안이 '전부 그러한가', '전부 그렇지 않은가'로 귀결되는 흑백 논리의 영역이 아니라는 것쯤은 안다. 한쪽에서 특정 권리를 포기한 만큼 다른 쪽에서 그에 상응하는 무언가(ex. 안정감이나 소속감 같은 것들)를 줄 수도 있는 데다가, 때에 따라서는 아주 긴밀한 상호 호혜적 관계를 이룰 수도 있기 때문이다. 극단적인 예로, 내가 바깥일을 하며 돈을 벌어오니 네가 집안일은 전담하라는 식으로 나눌 수도 있으니까. 나는 그저 투쟁과 반항, 그리고 협상을 통해서만 특정 권리를 쟁취할 수 있는 비뚜름한 형평성 게임에 참여하고 싶지 않을 뿐이다. '그 긴 과정을 통해 얻을 수 있는 것이 과연 무엇일까?', '과연 내 남은 인생에 얼마나 가치가 있을까?'를 따져봤을 때 나오는 결과가 썩 만족스럽지 않은 탓도 있다. 차라리 그 시간과 열정으로 주식 공부를 더 해서 시드나 불려놓는 게 더 이로울지도.

버진로드

"남의 결혼식에서 왜 이리 펑펑 운대?"

몇 년 전, 나는 당시 친했던 사촌 언니의 결혼식에서 눈물 콧물을 짜냈던 적이 있다. 언니가 앞으로 행복했으면 하는 바람으로 식전부터 찔끔 맺히기 시작한 눈물은 하얀 드레스를 입고 버진로드(Virgin Road, 처녀의 길)로 입장하는 모습을 보자 주룩주룩 흘러내렸다. 어쩐지 축하한다는 말보다 "잘 가"라는 작별 인사가 더 어울리는 장면처럼 보였다. 정말로 마치 '때가 된 듯' 외삼촌의 손에서 형부의 손으로 넘겨지는 언니의 모습은 '시집간다'라는 표현을 실감 나게 했다. '장가든다'는 말은 있어도 '시집든다'는 말은 없듯이 그렇게 언니는 아버지의 울타리 안에서 남편의 울타리로 '넘어가고' 있었다.

대학을 졸업하고 사회생활을 시작하자 결혼식장에 더 빈번히 참석하게 되었다. 그중에서 가장 나이 차이가 많이 났던 12살 띠동갑 커플의 결혼식장이 기억에 남는다. 어린 신부와 결혼하는 신랑 쪽이 나의 직장 상사였다. 식장 앞에 나와 신부 측 지인 신랑 측 지인 가릴 것 없이 일일이 인사와 악수를 청하는 신랑의 어깨에는 한껏 힘이 들어가 있었다. 공들인 차림이 흐트러지지 않도록 대기실에 정물화처럼 앉아 있는 신부 옆으로는 지인들만 몇 차례 왔다 갔다 했다. 이어지는 식 과정도 보통의 결혼식과 크게 다를 바 없었다. 클라이맥스 장면은 역시 웅장한 연주음과 어우러지며 아버지의 손을 떠나 남편의 손으로 넘어가는 신부의 모습이었다. 바로 버진 로드 끝자락에서 말이다.

홀 입구에서 주례가 있는 단상까지 쭉 이어진 길을 뜻하는 '버진로드'는 사실 서양권이 아니라 일본에서 건너온 용어다. 일본어로 처녀処女, バージン 는 '처녀', '미혼 여성'라는 뜻과 '최초의', '처음으로 하는', '인적미답의', '아무도 올라 보지 아니한 산봉우리'라는 두 가지 뜻을 동시에 가지고 있다. 그래서 일본에서는 처음 하는 일에 '처녀'라는 말을 종종 붙인다. 처녀작処女作이 그 대표적인 예다. 같은 맥락에서 버진로드가 만들어졌는데, 이 단어는 사실 순수 영어 표현인 Virgin Road가 아닌 일본식 영어 발음인 바진로도Baajin Rodo, ばあじんロード에서 유래됐다. 이후 대중문화와 함께 우리나라로 넘어와 지금까지도 관습처럼 쓰이고 있다.

'처녀의 길' 끝에서 아버지의 대를 이을 다음 세대의 아버지에게 양도되는 여성의 모습이라니, 부계 혈통 중심으로 명맥을 이어가는 사회 구조를 이보다 더 함축적으로 담아낸 장면이 또 있을까? 그네들이 의도한 모든 상징이 절묘하게 어우러진 클라이맥스. 이름 한번 기가 막히게 잘 지었다는 생각이 들었다. 그러니까, '기막히다'라는 형용사의 첫 번째 사전적 정의(어떠한 일이 놀랍거나 언짢아서 어이없다)로 말이다.

좋은 남자는
새치다

수많은 검은 머리카락 중
반짝이는 머리카락 하나
좋은 남자는 눈에 띄어서
먼저 뽑히고 만다.
하지만 새치도 결국 검은 머리카락이었던 것을.
대대로 조상님은 말씀하셨지
뿌리가 검은 짐승은 거두는 것이 아니다.
_작자 미상의 시

"이미 글러 먹었어요."

글쓰기 수업에서 인연을 맺게 된 R이 덤덤한 투로 얘

기했다. 그가 결혼을 완벽히 체념하게 된 건 몇 년 전 캐나다로 유학 생활을 다녀온 뒤부터였다.

"한국과는 많은 차이가 있더라고요. 현실적으로 내가 저런 남편감을 구할 수 있을까, 뭐 이런 생각이 들기 시작한 거죠."

그가 말한 '차이'의 예시를 들자면 다음과 같다. '집안일은 돕는 것이다'라는 개념을 가진 사람과 '부부가 공평히 분담해야 하는 것이다'라는 생각을 하는 사람. 또 퇴근하고 10분 아이 얼굴 보는 것도 '육아에 참여하는 것'이라고 생각하는 사람과 '당연히 부부가 서로 한 해씩 번갈아 육아 휴직계를 받아 아이를 책임지고 돌봐야 한다'고 생각하는 사람의 차이. 즉, '사회의 지배적 관념과 그에 대한 인식의 차이'를 말하는 것이다.

(A)　"밖에서 일하는 것도 힘든데 집에 와서까지 내가 애 울음소리 때문에 잠을 설쳐야 해? 나도 좀 쉬자! 적어도 주말에 3~4시간 정도는 놀아주잖아!"

Ⓑ "이번 첫해는 자기가 육아 휴직을 썼으니까 다음 해에는 내가 육아 휴직계를 낼게."

B와 혼인한 여성이 각자 커리어에 지장이 가지 않는 선을 찾아 언제 육아 휴직계를 쓸지 함께 궁리하는 동안, A와 그의 파트너는 독박 육아에 대한 기준이 무엇인지 그 시작점부터 열띤 토론을 벌여야 할 것이다. A와 그의 파트너가 B와 그의 파트너가 대화하는 주제까지 도달하려면 얼마만큼의 긴 토론과 설전을 벌여야 할지는 아무도 장담할 수 없다. 어떠한 권리가 당연히 주어지는 것이 아니라 투쟁해서 쟁취해야 하는 개별적 성과가 되는 순간, 결혼 서사가 펼쳐지는 무대는 삽시간에 피 튀기는 원형 경기장이 된다. 안타깝게도 합의점을 도출해야 할 사항은 이게 다가 아니다. 결혼관이나 육아관 말고도 관계를 시작하기 전에 확인하고 알아봐야 할 문항들은 아주 많다.

이 모든 문항에 긍정적인 대답을 했더라도 아직 '그리

1. 상대를 어떻게 만날 것인가?

☐ a. 자만추(자연스러운 만남 추구)
☐ b. 인만추(인위적인 만남 추구, ex. 친구 소개, 선, 미팅 등)

2. 1번 항목을 거쳐 만나게 된 상대와 내가 얼마나 맞는가?

☐ a. 정서적 교류가 가능하나 성적인 끌림이 적다
☐ b. 성적인 끌림은 있으나 정서적 교류가 불가하다
☐ c. 정서적 교류와 성적인 끌림까지 모두 완벽하다

3. 2번 항목을 통해 상대와 어떤 관계로 변할까?

☐ a. 썸에서 그친다
☐ b. 연애 상대로 발전한다

4. 3-b의 경우라면 어떤 형태의 만남을 원하는가?

☐ a. 잠깐의 즐거움 또는 외로움 해소를 위한 도구적인 만남
☐ b. 결혼을 전제로 한 진지한 만남

5. 4-b의 관계가 됐다면 아래의 질문을 보고 체크해보자.

☐ a. 집안의 경제적 수준이 서로 비슷한가?

☐ b. 도박, 성매매, 사기, 알코올 중독, 전과 등에서 문제가 없는가?

☐ c. 젠더, 종교, 정치를 비롯한 민감한 주제에 대하여
　　자유롭게 이야기 나눌 수 있는가?

☐ d. 성병, 정신 질환, 가족 내력과 같은 질병은 없는가?

☐ e. 바람, 이혼, 재혼, 가정 폭력, 사기 등 가정사에서 걸리는
　　점은 없는가?

☐ f. 집안일은 '돕는 것'의 차원이 아니라 '공평하게 분담해야
　　할 의무'라고 생각하는가?

☐ g. 수면을 비롯한 생활 패턴 등에 대해 불만을 가진 적 있는가?
　　만일 문제가 생길 시 이야기를 통해 해결할 수 있는가?

☐ h. 2세 출산 후 아이가 선천적인 장애나 난치병을 앓게 될
　　경우를 고려해본 적 있는가?
　　만일 위와 같은 상황이 발생한다면 끝까지 한 아이의
　　인생을 경제적·정신적으로 책임질 자신이 있는가?

☐ i. 불의의 사고로 배우자에게 장애가 생길 경우 끝까지
　　결혼 생활을 유지할 의향이 있는가?

And so on…
(기타 다수의 문항 f)

하여 그들은 오래오래 행복하게 살았습니다'라는 클로징 멘트를 하기엔 섣부르다.

"만약 결혼 후에 서로의 '판도라의 상자'를 열게 되면 어떻게 해요?"

여기에서 말하는 '판도라의 상자'는 잠금이 걸려 있는 그룹 채팅창, 꼭꼭 숨겨놓은 앱, 이상한 해외 웹 사이트 이용 기록, 출처가 불분명한 현금 사용 명세, 의심스러운 커뮤니티 활동, 재산 은닉, 사기 등과 같이 배우자에게 의도적으로 숨긴 정보들을 통틀어 지칭하는 표현이다. 새로 산 가전제품은 제품 보증 기간이라도 있지만 인간에겐 별도의 제품 보증서가 없다. 당연히 보증처도 없다.

서장훈이 어느 쇼 프로그램에서 열변을 토했던 "제발 신원이 보장되지 않은 사람 좀 만나지 마세요"라는 말이 문득 떠오른다. 하드웨어에 깔린 소프트웨어면 밀어버리기라도 할 텐데, 인간을 말 그대로 '밀어버렸다가는' 모두 사이좋게 수갑을 차고 교도소에서 정모를 하게 될지도 모른다. 그곳에서 남편을 죽여 감옥에 갇힌 여자들이 부르는 노래, 즉 뮤지컬 〈시카고Chicago〉의 〈셀 블락 탱고Cell Block Tango〉의 한국판 뮤직비디오를 찍을 계획이 아니라면야.

"연애는 하죠. 부담이 없잖아요. 근데 결혼은 아닌 것 같아요. 엄마 같은 남자라는 확신이 든다면 또 모를까…."

엄마 같은 남편이 이상형이라고? R의 말을 들으며 머릿속으로 〈셀 블락 탱고〉를 재생하고 있던 나는 속으로 손뼉을 짝 하고 마주쳤다. 무언가 우리나라 인구 절벽 현상의 돌파구를 찾은 느낌이었다. 이제 남자만 바깥일 하며 돈 벌어오는 시대는 지나지 않았는가? 결혼적령기 여성들이 원하는 것은 ATM 같은 남편감이 아니라 '신랑 수업을 이수한 남자'인 것이다! 아직 블루 오션 시장 아니던가? 그리 머지않은 미래에 다음과 같은 기사가 신문 지면을 장식할 날이 올지도 모르겠다는 생각이 들었다.

'신랑 수업 교실'이 등장했다. 1970~1980년대 여성을 대상으로 유행했던 강좌. '참하리', '고운남' 등 각종 단체에서는 결혼을 앞둔 남성들을 위해 예의범절, 요리, 집 안 장식법 등을 교육할 예정이다. 강좌 이름은 '피니싱 스쿨 프리웨딩 코스Finishing School Pre-Wedding Course'. '피니싱 스쿨'의 원래 의미는 20세기 초 유럽에서 상류 사회 소녀들에게 에티켓, 교양, 문화 등을 가르쳤던 곳이다. 21세기 예비 신랑들은 어떤 수업을 받고 있을까? 참하리의 피니싱 스쿨을 직접 찾아가 봤다.

"보자기 천을 고를 땐 계절을 고려하세요. 여름엔 가능하면 얇은 천으로, 색도 밝은색으로 고르세요."

13일 오전 참하리 강의실, 전통 포장 연구가 김○○ 씨가 보자기 포장법을 가르쳐주고 있었다. 이날 강의 주제는 예단과 폐백 음식 포장을 비롯해 격식을 차려야 할 자리의 선물 포장법으로, 상자와 병, 그릇, 돈 봉투 등을 크고 작은 보자기로 싸는 실습 위주로 진행됐다. "종이처럼 각을 잡아선 안 된다", "혼례와 관련된 포장엔 매듭을 짓지 마라", "음식 포장을 할 때는 공기 드나드는 구멍이 생기도록 '귀'를 집어넣지 마라" 등 따라야 할 지침도 많

있다. 보자기의 네 귀를 이용해 꽃잎 모양을 만들고, 색이 다른 모시 보자기 2개를 엇갈리게 겹쳐 사용하는 등의 기술도 배웠다.

이날 강의를 들은 수강생은 모두 7명이었다. 그중 4명은 기혼 남성이었다. 2020년에 결혼했다는 이○○ 씨는 "직장 다니며 결혼하느라 아무것도 못 배우고 살림을 시작한 게 아쉬웠다"며, "전통 예법과 궁중 요리를 배우면 아이들 교육에도 좋을 것 같아 강좌를 신청했다"고 말했다.

참하리의 신랑 수업 교실은 총 16개의 강좌로 이뤄져 있다. 떡 강좌와 메이크업 강의, 궁중음식 전문가의 요리 수업, 예비 아빠 육아 상식 교실 등이 마련돼 있으며, 이외에도 꽃꽂이와 테이블 세팅, 와인 강좌 등도 시행된다. 수업료는 총 350만 원이다. 강좌를 마련한 참하리 대표 서○○ 씨는 "요즘 신세대 신랑 중에는 유학 생활 등으로 가족과 오래 떨어져 산 경우가 많아 이런 결혼 준비 전문 교육이 요긴할 것"이라고 말했다.

(○○일보=엘리 기자)

자, 이렇게만 된다면 '좋은 남자'가 검은 머리의 새치가 아니라, 길을 걷다 발에 차일 정도로 흔한 '돌' 같은 상징성을 띠게 될지도 모른다. 한마디로 흔해 빠지게 되는 것이다! 유니콘은 가라! 돌멩이의 시대가 왔다! 괜찮은 남편감을 복제해내라며 이과생들을 들들 볶던 문과생들이 한시름 놓는 소리가 들려오는 것만 같다.

개체수
조절을 위한
제2세대 생산

인터넷에서 '나는 강제로 태어남을 당했다'라는 뉘앙스의 글을 우연히 접하고, 꽤 자극적인 주제에 매료돼 순식간에 장광설 전문을 정독했던 기억이 난다. 게시물 작성자의 논리는 대략 다음과 같았다.

나는 이 고통뿐인 세상에 태어나고 싶었던 적이 없다. 제2세대 생산 관련 의사 결정 과정에서 철저히 배제된 채 강제로 태어남을 당했을 뿐이다.

그런데도 양육자들은 애를 낳았기에 기본적으로 공급해야 했던 것들에 대해 생색을 낸다. 더 나아가 그에 대한 대가까지 당당히 요구한다. 이쯤 되면 근본적인 의문이 들 수밖에 없다. 그들은 그저 자신들의 노후 보장용 보험이 필요해 나를 낳았던 것은 아닐까?

해당 사이트의 댓글 창은 난리가 나 있었다. '패륜적이다'라는 의견이 대부분이었지만, 제2세대 생산에 대한 새로운 접근 방식에 흥미를 느끼고 바라보는 이들도 있었다. 글쓴이의 심정이 대충 어떤 종류의 것인지 이해할 수 있다는 공감의 댓글도 몇몇 있었다. 글쓴이가 직접적으로 의도한 바는 아닐 수도 있겠지만, 그의 글에는 '인간의 출산 행위는 노인 인구 부양을 위한 젊은 세대(노동 인구)의 재생산'이라는 인식이 밑바탕에 깔려 있었다.

'생명의 소중함'을 운운하는 댓글을 읽으며 댓글 창을 죽 내리다가 문득 재미있는 생각이 들었다. 만약 그들에게 한때 우리나라에서도 "덮어놓고 낳다 보면 거지꼴을 못 면한다", "너희가 인간이이지 콩나물이냐" 등의 표어를 선전하며 산아제한을 장려했다는 것에 대해 어떻게 생각하는지 묻는다면, 과연 뭐라고 대답할까?

당시 정부에서는 남자들이 보건소에서 정관 수술을 받으면 예비군 1회를 면제해주거나 피임을 하면 돈을 주는 등 아이를 태어나지 못하게 하기 위한 각고의 노력을 기울였다. 생명이 소중하다고? 그렇다면 남존여비 사상으로 인해 공공연하게 행해졌던 젠더사이드(Gendercide, 특정 성별에 대한 조직적인 박해나 살해 행위를 이르는 말)는? 한국에서도 1980~1990년대 태어난 신생아 성비는 이례적으로 불균형적이었다. 태아 성별 감별이 가능해짐에 따라 나타난 선택적 학살이었다.

그러다 치솟는 도시 부동산값, 교육비, 양육비, 청년 실업, 여성 교육 수준 증가 등 다양한 원인으로 인해 합계출산율이 인구 대체 수준을 밑돌게 되자 정책 당국의 태도는 급변했다. 발등에 불 떨어진 듯 저출산 해결을 위한 다양한 지원 제도를 쥐어짜내기 시작한 것이다.
정책 당국이 태도를 바꾸자 사회적으로 만연하던 젠
더사이드는 "딸 아들 구별 말고 많이 낳아 잘 기르자"
로, "너네가 콩나물이냐"라며 타박하던 문구는 "아이
는 가족의 완성입니다", "더 낳으면 더 나은 대한민국",
"낳고 보면 희망 가득 기를수록 행복 가득"으로 바뀌
었다.

　손바닥 뒤집듯 태도를 바꾼 것은 우리나라뿐만이 아
니다. 2021년 5월 말 중국 정부는 1가정 3자녀 허용 정
책을 발표하기에 이르렀다. 가정당 한 아이만 낳을 수
있도록 제한한 중화인민공화국 인구 제한 정책, 이른바
'한 자녀 정책'이 역사 속으로 사라진 것이다. 수십 년
동안 고수해오던 한 자녀 정책을 2016년에 2자녀로 개
선했는데도 출생률이 계속 떨어지자 이번에는 아예 3명
까지 낳을 수 있도록 확장했다. 2020년의 중국 신생아
수는 1,200만 명이었다. 2019년 1,465만 명에 비하면 훨
씬 줄었다.

이와 관련해 미래학자들의 연구와 보고서들도 쏟아져 나왔다. 여러 가지 타이틀을 가져다 붙이지만, 결국 요지는 '어떻게 하면 저출산을 해결해 고령화에 대비할 수 있을까'였다. 과학의 발전으로 평균 연령이 늘어났으니 노인 인구를 부양해야 할 젊은 인구를 늘려야 하기 때문이다. 한 보고서에 따르면 2039년에는 생산 가능 인구 2명이 1명의 노인을 부양해야 한다고 한다. 현재 기준으로 생산 가능 인구 7명이 1명의 노인을 부양하는 것과 비교해보면 MZ 세대 이후 출생자들이 얼마나 더 많은 세금을 감당해야 할지 대충 가늠해볼 수 있다.

만약 노후 보장이라는 것이 필요 없다면, 정부에서 정관 수술을 하면 군대 면제 혜택을 주거나 피임 지원금을 줬다면, 아직도 젠더사이드가 공공연하게 이뤄지는 사회라면, 과연 우리는 이 세상에 태어날 수 있었을까? 호주에서 특정 들쥐 개체수를 늘리기 위해 길고양이 200만 마리를 살처분하고 강제 중성화를 시행했던 것처럼, 우리네 인간들도 누군가의 입장에서는 어쩌면 때에 따라 시의적절하게 개체수를 조절해야 하는 하나의 자원에 불과한 것이 아닐까? 그렇다면 현대 사람들이 "나의 몸은 나의 선택My body my choice"를 외치며 비출산 선언과 낙태의 자유를 선언하는 데 있어서 과연 사회가, 정책 당국이 그들을 향해 '반인륜적 행위', '생명경시 행위'라며 손가락질할 수 있는 자격이 있기는 할까?

나를
망치러 온
내 인생의
구원자,
SNS

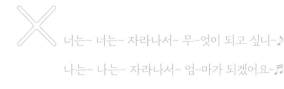

너는~ 너는~ 자라나서~ 무~엇이 되고 싶니~♪

나는~ 나는~ 자라나서~ 엄~마가 되겠어요~♬

그래~ 그래~ 너는 너는~ 엄~마가 되어라~♪

　장래희망이 엄마라고 우렁차게 외치는 내 모습은 VHS 비디오테이프 속에 영구 박제된 채 본가 창고 선반에 보관돼 있다. 이 희귀 영상의 쓸모는 보통 조리돌림용이다. 이따금 비혼 염불을 욀 타이밍이 올 때마다 "허이고, 지히이-라알! 언제는 엄마 되는 게 꿈이라며?"라는 소리를 듣게 하는 일등공신 역할이랄까. 그렇다. 내 과거사는 잊힐 권리를 무참히 박탈당한 채 표류하고 있다.

아무도 물은 적 없지만 나 혼자 켕기는 마음에 변론을 좀 해보자면, 누구 말마따나 'TV를 너무 많이 봐서' 가지게 된 꿈이었다. 기성세대의 가치관이 반영된 콘텐츠를 접하며 젠더 역할에 대한 사회적 통념을 무의식중에 내면화했던 탓이다. 어린아이들의 말랑말랑한 뇌는 죄가 없다. 다만 내게 죄가 있다면 아이의 본분에 충실한 죄밖에 없다. 그러니까 바로… 사랑한 죄…. 너무나 많이… 사랑한 죄…. TV를 너무나 많이 사랑한 죄…!

흑역사 생성 뒤에도 시간은 잘 흘러갔다. 장래희망이 '좋은 엄마'였던 아이는 어느덧 대학생이 되었다. "10년이면 강산이 변한다"라는 옛말이 무색하게 오늘날 세상은 디지털 모바일 기술 성장에 힘입어 하루가 다르게 변해갔다. 그 흐름을 타고 괄목할 만한 성장을 이룬 것 중 하나가 바로 각종 SNS 플랫폼이다. 공간 제약이 없는 온라인 무대의 초연결성 덕분에 우리는 인스타그램, 트위터, 유튜브 등 각종 플랫폼과 온라인 커뮤니티를 통해 자신의 생각이나 의견을 담은 글, 이미지나 비디오 등을 활용한 콘텐츠를 편집하고 공개하고 공유하며 창작자로 참여할 수 있게 되었다. 또한 오늘날의 스토리텔러들은 좋아요와 팔로우, 구독, 댓글 기능 등으로 다른 유저들과 공감대를 형성하며, 이전의 일방향 메시지 전달 체계에서는 불가능했던 실시간 의사 소통의 장을 형성했다.

이처럼 빠른 속도로 정보와 메시지를 공유할 수 있는 데다가 익명성까지 보장하는 SNS의 특성은 세간에 엄청난 변화를 몰고 왔다. 공간과 시간의 제약을 없애고, 익명성을 통해 자유롭게 발화하고, 예전과 비교할 수 없는 속도와 파급력으로 공론의 장을 만들어냈다. 특히 그동안 사적 영역의 일이라 치부되며 수면 위로 올라오지 못하던 각종 사회적 문제가 폭로되고 그에 대한 공공연한 논의와 비판이 의제화됐다. 그뿐만 아니라 그동안 주류 언론에서 다루지 않았던 이슈들(임신과 출산, 비혼 등)을 콘텐츠화해 사회 주류인 남성의 가부장적인 시선과 정의로 씌워진 기존의 프레임을 전복하고 의미와 가치를 탈바꿈시키기도 했다.

그런 단적인 변화를 보여주는 대표적인 예로 네이버에서 인기리에 연재된 웹툰 〈아기 낳는 만화〉를 들 수 있다. 해당 작품은 "유축할 때마다 농장에 갇혀 밥 먹고 젖만 짜내는 젖소가 된 기분이었다", "자연 분만 중에 변이 함께 나올 수도 있다", "출산 후 오로라는 것이 나오기 때문에 한 달 정도 기저귀를 차고 있어야 할 수도 있다" 등 산모들이 겪는 현실적인 고충을 담아냈다. 신랄한 고증 덕분에 출산 유경험자들 사이에서는 "이 만화를 성교육 교과서로 지정해야 한다"는 말이 오가기도 했다.

작가는 만화의 프롤로그에서 '분만만 힘든 것이 아니라 임신 중에도 힘들고 아플 수 있다는 것을 아무도 말해주지 않았다'는 사실에 분개했다며, 자신처럼 정보의 불균형으로 인해 올바른 기회비용을 산출하지 못했던 이들에게 도움을 주고자 웹툰을 그리게 됐다고 고백

한다. 임신과 출산으로 인해 야기되는 위험 부담과 신체 이상 증상들을 진작 알았더라면 미리 마음의 준비를 하거나 다른 선택(예를 들면 딩크족)을 할 수도 있었기 때문이리라.

'비혼인의 삶' 역시 SNS 활성화 덕에 수면 위로 떠올라 대중의 입방아에 자주 오르내리게 된 케이스 중 하나다. 이성애적 가족 서사에 가담하지 않고도 나름의 행복과 만족감을 누리며 사는 롤 모델이 제시되면서 비혼 가구의 이미지가 재기술된 것이다. 대표적인 예로 전 중화민국(대만) 총통이 왜 결혼하지 않았냐는 기자의 질문에 "소시지 하나를 위해 돼지 한 마리를 다 살 필요가 없다"라고 대답한 밈Meme을 들 수 있겠다. 안정적인 가정을 꾸리는 것이 아닌 정치적 커리어 달성에 모든 초점이 맞춰져 있는 중년 여성의 등장은 아직 결혼에 대한 보수적인 시각이 강한 동아시아권 국가 젊은 층에 카타르시스를 선사하며 트위터에서 수천 건의 리트윗Retweet과 폭발적인 좋아요 수를 기록했다.

더욱이 매스 미디어를 통해서도 새로운 삶의 양상을 담은 다양한 콘텐츠들이 등장하기 시작하며 여러 세대에 폭넓은 영향을 끼치기 시작했다. 세계적으로 가장 흥행한 애니메이션인 〈겨울왕국Frozen〉의 후속작에서 주인공 엘사Elsa는 자신의 여왕 자리를 동생 안나Anna에게 물려주고 정령들과 함께 마법의 숲에 남는 결말을 선택한다. 여왕의 자리에서 혼인을 통해 왕가 혈통을 잇는 역할과 임무를 수행하는 일이 아닌, 자신이 가장 '자유로울 수 있는 상태'로 사는 쪽을 택한 것이다.

　그는 뮬란Mulan처럼 아버지를 위해 대신 전장에 나가는 운명을 선택하지도, 라푼젤Rapunzel처럼 자신의 반쪽과 함께 역경을 헤치고 쫓겨난 성으로 돌아가 다시 왕관을 쓰는 운명을 선택하지도 않는다. 누군가의 아내도, 엄마도, 여왕도, 언니도 아닌 그저 엘사인 채로 남았다. 그렇다고 옛 동화 속 마녀들처럼 외딴곳에 쓸쓸히 고립되지도 않는다. 정령들과 함께 마법의 숲에서 지내면서 안나와 지속적으로 편지를 주고받고 사회 안팎으로 소통을 유지한다.

만약 내가 5살 때 이와 같은 서사의 동화나 만화를 접할 수 있었다면 어땠을지 문득 궁금해졌다. 대만 총통과 엘사를 알았다면 내 꿈은 '좋은 엄마'가 아니라 한 나라의 총통이거나, 자유로운 탐험가이거나, 고고학자였을지도 모를 일이다. 그래도 다행인 것은 이제 한층 더 다양해진 스토리텔링 채널과 콘텐츠들 덕분에 앞으로 자라날 아이들이 고를 수 있는 선택지가 늘어났다는 점이다. 물론 나도 그 혜택을 담뿍 누리고 있다. 어떻게 누리고 있냐고? 비슷한 생각을 가진 동지들을 쉽고 빠르게 알아보고, 또 그들과 자유롭게 의견을 교류할 수 있게 됐다! 이 험난한 세상길, 혼자 걷지 않고 있다는 사실을 확인하는 것만으로도 얼마나 위안이 되고 큰 힘이 되는지 모른다. 앞으로도 더욱더 많이 만났으면 좋겠다. 누구를? 야망 넘치는 비혼 원정대들을!

짝이 없어
슬픈 그대여
슬퍼 말게나,
원래 짚신은
제 짝이 없다네

휴일을 맞아 가족과 한국 민속촌으로 나들이를 하러 갔을 때의 일이다. 인파에 쓸려 어슬렁어슬렁 구경하러 다니다가 전통 공방 거리에 있는 안내판 앞의 문구를 보게 되었다.

　　과거에는 좋은 배우자를 만나기 위한 바람으로 짚신을 한 짝씩만 보관하기도 했다.

조선 시대 상인 계층으로 분장한 채 열심히 새끼를 꼬

는 민속촌 관계자 옆에서 이 문구를 한참 동안 의심의 눈초리로 쏘아보며 서 있었다. 진짜 과거 사람들이 저랬다고?! 이런 상황에서 가장 먼저 찾게 되는 이름, "Hey, Siri!"를 소환 주문처럼 비장하게 외친 후 진실을 파헤치기 시작했다. 그 결과 뜻밖의 사실을 조우했다.

본디 짚신은 좌우 구분이 없어서 딱히 '제 짝'이라고 할 게 없고, 아무거나 손에 잡히는 대로 골라 신으면 장땡이라고 한다. 게다가 노동자들의 짚신 수명은 최대가 사흘 정도였다고 하니, 거의 일회용품 수준 아닌가? 강화도 조약 후 일본에서 고무신이 수입되기 시작하자 짚신보다 단가가 수십 배 비쌈에도 불구하고 미친 듯 팔리기 시작했던 데는 다 그만한 이유가 있었던 셈이다. 며칠에 한 번씩 걸러 새 짚신을 사느니 좀 더 돈을 주더라도 내구성 좋은 고무신을 사서 오래 신는 것이 가성비가 훨씬 좋기 때문이다. 이와 같은 사실에 근거해 짚신에 대한 안내문을 다시 써보자면 아래와 같이 재구성해볼 수 있겠다.

∞ 짚신 설명서

: 짚신은 본디 제 짝이랄 게 없으니 '자신에게 딱 맞는 짝을 찾겠다고 애먼 시간 낭비, 허튼짓거리 하지 마라'는 뜻을 담고 있다. 또한 아무거나 발에 채이는 대로 골라잡는다 해도 짚신이란 것이 원체 그 내구성이 좋지 않으니, 오래 못 가 금방 해지고 말 것이오!

만약 이러한 내용으로 미신이 전해 내려왔다면 짚신은 애정운과 가정 내 평안의 상징이 아니라 '인생 개쌈 마이웨이'의 상징이 되었을지도 모른다.

그럼 이제부터 짚신을 비혼 선택 가구의 상징적인 집들이 선물로 삼으면 어떨까? 자, 봐봐! 짚신도 원래 제 짝이 없다잖아! 너도 짝에 너무 연연하지 말고 가려는 길이나 열심히 걸어가도록 하려무나!

DON'T
BE SILLY,
DARLING

'잔인하다'를 뜻하는 'ruel'에 여성의 이름인 'Ella', 그리고 '악마'를 뜻하는 'Devil'을 합친 풀네임을 가진 크루엘라 드 빌Cruella De Vil은 월트 디즈니의 장편 애니메이션 〈101마리의 달마시안 개〉에 등장하는 빌런이다. 1960년대에 지어진 이름이 요즘 힙합한다는 친구들이 사용하는 '면도'니 '행주'니 하는 가명보다 더 힙해보이지 않은가? 그의 멋짐은 여기서 끝이 아니다. 바로 여성 악역 캐릭터가 '마녀'가 아니라 '악마로' 일컬어진다는 점! 그는 영화 속에서 숱한 어록들을 탄생시킨 바 있는데, 가장 유명한 대사는 바로 부하 직원인 아니타Anita가 "결혼하면 지금 직장을 그만두겠다"고 선언한 장면에서 등장한다.

> "여자의 재능을 가장 많이 사장시키는 건 전쟁, 기아, 질병, 재난이 아니라 바로 결혼이야. 넌 재능 있어. 그걸 절대 낭비하지 마."
> *More good women have been lost to marriage than to war, famine, disease, and disaster. You have talent, darling. Don't squander it.*

뭔가 비슷한 영화 캐릭터가 떠오르지 않는가? 그렇다! 영화 〈악마는 프라다를 입는다The Devil Wears Prada〉의 '미란다Miranda'다. 원작자가 크루엘라에게서 영감을 받고 창작한 캐릭터가 아니냐는 말이 나올 정도로 두 인물 간에는 유사점이 많다.

첫째로 둘 다 본인의 커리어에서 정점을 찍은 능력 있

는 캐릭터라는 점이다. 크루엘라는 오트 쿠튀르(고급 여성복 제조업) 패션 하우스인 '하우스 오브 드 빌House of De Vil'의 대표로, 미란다는 세계적인 유명 패션 잡지 〈런웨이Runway〉의 편집장으로 등장한다.

둘째, 부하 여직원의 숨겨진 재능을 알아보는 안목을 가졌다. 출근해서 자신의 방으로 향하던 크루엘라는 우연히 아니타가 작업하고 있는 드로잉을 흘긋 보고는 "당장 내 사무실로 들고 와!"라고 외친다. 밑그림에서 완성된 그림의 가치를 미리 내다볼 줄 아는 패션 하우스의 대표의 눈썰미가 여실히 드러나는 장면이다. 미란다 같은 경우에도 패션 분야의 문외한인 기자 지망생 안드레아Andrea의 태도에서 될성부른 나무의 떡잎을 알아보고 그를 기꺼이 자신의 개인 비서로 채용하는 과감한 수를 둔다.

셋째, 자신의 지위와 권력을 여성 부하 직원의 능력을 개발하는 데 이용한다. 크루엘라는 패션 드로잉 분야에 재능이 있음에도 직장을 그만두고 전업주부가 될 것이라는 아니타를 붙잡으며 "재능이 있으니 그걸 낭비하지 말라"는 조언을 건넨다. 집에서 남편을 내조하고 아이들만 돌보기에는 패션 분야에서 디자이너로 펼칠 수 있는 기회들이 무궁무진해 보였기 때문일 것이다. 미란다 역시 자신의 비서직을 그만두고 원래 자신의 꿈을 이루기 위해 신문사에 지원한 안드레아의 추천서에 "그녀는 나에게 가장 큰 실망을 준 비서이다. 하지만 그녀를 채용하지 않으면 당신은 멍청이다"를 남기며, 미란다만의 시니컬한 방식으로 쿨하게 인재 채용을 종용(?)한다.

넷째, 남자들도 설설 눈치를 보는 엄청난 영향력의 대가들이다. 크루엘라는 자신의 소심한 남편에게 "내 성을 따르라"며 으름장을 놓는다(외국은 결혼 후에 부인이 자신의 성을 버리고 남편의 성을 따른다). 미란다의 경우, 메이크업 브랜드의 컬렉션 프리뷰 쇼에서 그가 어떤 표정을 짓는가에 따라 해당 화장품 분기 컬렉션이 확 다 갈아엎어질 정도의 영향력을 가졌다.

"멍청하게 굴지 마. 세상 사람 모두 우리처럼 되

고 싶어 해."

Don't be silly, Darling. Everybody wants to be us.

안드레아에게 건네는 미란다의 대사는 "낮은 사회적 지위와 경제적 지위야말로 여성의 행복을 망치는 주범이므로 자신이 가진 재능의 동아줄을 힘껏 잡고 위로, 그리고 그보다 더 위로 올라가야 한다"라는 수전 팔루디Susan Faludi의 말을 떠올리게 한다. 여성들은 직장에서 '커리어를 포기하고 가정으로 돌아가라'든지, 결혼 시장에서는 '눈높이를 낮추라', '콧대를 낮추라'라는 등 부조리한 압박과 쓸데없는 조언에 쉽게 노출되곤 한다. 그러나 우리 주변의 크루엘라와 미란다와 같은 인물들은 결코 주눅 드는 법이 없다. 당당하게 야망을 전시하고 그것을 부지런히 좇아간다! 우리가 본받아야 할 점이 바로 그것이다. 무슨 일이 있어도 자신의 재능을 결코 포기하는 일이 없길!

많은 사건이
발생할 것 같은
그런 오후

"여러분 절대 밤 10시 전에는 집에 들어가지 마세요."

대학교 신입생 때 전공과목 수업 시간 중에 교수님께 이런 얘기를 들은 적이 있었다. 어디 한군데 콕 처박혀 있지 말고 이곳저곳을 돌아다녀보라는 뜻이었다. 아직 뿌리 깊은 유교 사상을 버리지 못한 한국의 청춘들에게 이 무슨 위험한 도발이란 말인가? 물론 그런 말을 듣는다고 해서 집순이가 밖순이로 환골탈태하지는 않겠지만 어쨌거나 그 수업에 참석한 학생들 모두에게 교수님의 제안은 꽤나 신선하게 들렸을 것이다.

"꼭 도서관에서 공부하다가 집에 가지 않아도 좋고, 시간 낭비처럼 느껴지는 일을 해도 좋으니까, 될 수 있는 한 무조건 밖을 많이 쏘다니도록 하세요. 별거 아닌 것 같은 경험들도 나중에 다 여러분 인생에 영향을 끼치게 될 겁니다."

사실 전공 지식에 비해(?) 그렇게 새로운 얘기는 아니었지만 수업 시간이 끝나고 강의실을 나오는 내내 나는 왠지 모를 설렘을 느꼈다. 뭔가 태초 마을에서 오 박사님을 만나 포켓몬 도감을 받고 공식적인 여행을 시작한 기분이랄까. 그래, 모험! 근데 그게 당최 뭐란 말인가? 국어사전을 열고 사전적 의미를 찾아보니 '위험을 무릅쓰고 어떠한 일을 함'이라고 나와 있었다. 유사어로는 '도전'이라는 말이 있었다.

이런저런 의미론적 고민에 빠진 채 태초 마을 주변만 뱅뱅 맴돌며 1학년 2학기를 흘려보내던 어느 날, 의외의 곳에서 모험(?)의 변수가 갑작스레 불거져나왔다. 입학과 동시에 1년 가까이 사귀었던 남자친구와 헤어지게 된 것이다. 부엌 냉장고 앞에 기대어 앉아 "으엉!!! 으어어엉!!!" 하고 울부짖고 있자 방에 있던 남동생이 화들짝 놀라 팬티 바람으로 뛰쳐나왔다. 당황스러운 표정으로 "뭐야?!"라고 묻기에, 검은 눈물을 뚝뚝 흘리며 애절하게 억울함을 읍소했다.

그렇게 얼마나 시간이 흘렀을까. 이별 이야기에 금세 질려버린 남동생은 게임을 재개하러 휑하니 제 방으로 들어갔다. 그제야 현타가 온 나는 눈물을 훔치며 주섬주섬 정신머리를 챙겨 방으로 돌아갔다. 딱히 "엄마가 나중에 와서 누나 이러는 거 보면 뒤지게 혼날걸"이라는 동생의 마지막 말 때문은 아니었다. 어쨌거나 정말 그 때는 그냥 이렇게 의미 있는 인생이 끝나는구나 싶었다.

그러다가 '진짜' 모험다운 모험을 할 수 있는 기회가 찾아왔다. 대학교 은사님이 방학 동안 대학원생들과 함께 팀을 꾸려 인도행 봉사 활동에 참여해볼 생각이 없냐며 물어본 것이다. 신기했던 것은 한 달 내내 나를 먹

구름처럼 따라다니던 이별의 그늘이 비행기를 타자마자 희미해지기 시작하더니 뭄바이 공항에 착륙할 때쯤 되어서는 흔적도 없이 증발해버렸다는 점이다. 미지의 지역을 탐험하기 시작하자 온몸의 세포와 감각들이 새로운 경험에 정신이 팔려 옛 먼지들을 털어버린 것이다! 마치 뱀이 허물을 벗듯, 목욕탕에서 묵은 각질을 벗겨내듯, 오랜 감정의 찌꺼기가 씻겨나가는 것 같았다. 인생이 끝나긴 왜 끝나? 이제 시작인걸! 새로운 가능성들로 심장이 쿵쾅댔다.

한 달여 간의 봉사 활동에서 돌아와서도 옛 생각은 일절 나지 않았다. 새로운 경험과 감각을 수용하느라 댐 문을 개방하고 오래 묵은 사념들을 흘려보낸 까닭이었다. 이것은 마치 태초 마을을 떠나 새로운 맵과 마을을 돌아다니며 난생처음 접하는 새로운 포켓몬들과 NPC_{Non-Player Character, 게임 안에서 플레이어가 직접 조종할 수 없는 캐릭터}를 겪는 사이에 태초 마을을 잊는 것과 비슷했다.

이때 지난 학기 교수님의 말씀이 불현듯 다시 떠올랐다. 또, 버지니아 울프Virginia Woolf가 우리가 스스로 정의 내린 정체성을 잃기 위해서 자유롭게 술집에서 식사하고, 한밤중에 거리를 산책하고, 도시를 거닐어야 한다고 이야기했던 것도 떠올랐다. 리베카 솔닛Rebecca Solnit이 울프에 대해서 "내가 아는 한 울프의 모든 작품은 일종의 오비디우스식 변신이다. 그런 변신에서 그녀가 추구하는 자유는 쉼 없이 다른 무언가로 변하고, 탐험하고, 방랑하고, 넘어서는 자유다. 그녀는 탈출 마술사다"라고 말했던 것도 이런 종류의 모험과 도전에 일맥상통하는 부분이 있지 않을까 하는 생각이 들었다. 내가 '섣부르게' 결정지은 프레임과 정체성을 잃는 것. 그러는 데 필요한 것은 미지의 세계로의 탐험과 방랑이라는 것을.

태어나 처음으로 완전한 독립을 하게 된 첫날 오후. 적막감이 나의 발치를 가만 적셔오기 시작할 때 내가 가장 먼저 한 일도 동네 산책이었다. 낯선 동네의 이곳저곳을 두 발로 부지런히 쏘다니며 나의 감각들을 일깨웠다.

탐험은 모험의 시작이다. 그리고 모험이 시작되면 감각은 먼지를 털어내고 샛별을 맞이할 준비를 한다.

만약 우리의 낮과 밤이 기쁨으로 맞이할 수 있는 그런 것이라면, 우리의 인생이 꽃이나 방향초처럼 향기가 난다면, 또 우리의 인생이 좀 더 탄력적으로 되며, 좀 더 별처럼 빛나고, 좀 더 불멸에 가까운 것이 된다면, 우리는 크게 성공한 것이다. 그때 자연 전체가 우리를 축하할 것이며 우리는 스스로를 시시각각으로 축복할 이유를 가지게 될 것이다.

사람들은 저녁에는 꼬박꼬박 집에 돌아온다. 그러나 기껏해야 근처의 밭이나 길거리로부터 돌아오는 것이며, 그곳은 집에서 나는 소리가 들릴 정도로 가까운 곳이다. 자신이 내쉰 공기를 다시 들이마시기 때문에 그들의 인생은 시들고 있다. (…) 우리는 매일 먼 곳으로부터 집에 돌아와야 하겠다. 모험을 하고, 위험을 겪고, 어떤 발견

헨리 데이비드 소로 Henry David Thoreau가 월든 호숫가
에서 홀로 온전한 존재감을 만끽할 수 있었던 이유다.
그는 매일 아침 호숫가 주변의 경치를 놀람과 설렘으로
맞이했다. 두 발로 직접 걷고 자연을 어루만지며 매일 새
로운 감각들을 자신의 영혼 속에 채워넣었다.

어쩌면 사전상 '모험'의 정의가 추가돼야 할지도 모르
겠다는 생각이 들었다. 위험을 무릅쓰는 것만이 모험이
아니라, 전에 경험해보지 못한 감각적 풍미를 느낄 수 있
는 순간이 바로 진정한 모험이 시작되는 순간이라고 말
이다. 우리의 시간의 언저리가 기름 얼룩처럼 서서히 확
대되는 넓고도 부드러운 순간들을 자주 느낄 수 있다면,
이스트처럼 빵을 부풀어오르게 만들고 맥주의 기포처
럼 두둥실 떠오르는 순간들을 더 자주 느낄 수 있게 된

다면, 우리는 뭔가가 시작되는 사건들을 더욱 많이 접하게 될지도 모른다.

　우리는 기존의 낡은 관습들로 내린 자체적 정의를 계속해서 상실해야 한다. 삶에 대한 정의, 성공에 대한 정의, 사랑에 대한 정의, 그 모든 것들을 잃어야 한다. 무엇을 통해? 끝임없는 삶의 모험을 통해서. '변하고, 탐험하고, 방랑하고, 넘어서는 자유'를 통해서 말이다.

PART 02

외로워도 슬퍼도
홀로 멋지게 사는 법

작가님, 혹시 요새 외로우세요?

사람은 적응의 동물인지, 아니면 집단생활에서 묵은 때를 벗어내는 데 시간이 좀 필요했던 것인지 잘 모르겠지만 어쨌거나 내가 독립 생활에 완벽히 적응하는 데는 반년 정도의 시간이 걸렸다.

독립 생활을 하면서 적적함을 느낀 적이 없었다고 한다면 그건 거짓말일 것이다. 독립 3개월 차쯤 이 책의 원고를 집필하고 있던 중이었는데, 오죽하면 그때 보낸 원고를 읽은 출판사 대표님이 이런 말씀을 하셨다.

"저… 작가님… 혹시 요새 외로우세요?"

"……."

뿌이뿌이뿌이~~~~! 전화 너머로 들려온 대표님의 목소리를 듣고 귓가에는 오디션 프로그램에 나오는 클랙슨 효과음이 연달아 들려왔다. 마치 서바이벌 프로그램에서 가사 실수를 하고 아닌 척하다 심사위원에게 딱 걸린 느낌이랄까.

"…왜요?"

일단 여기서 "왜요?"라고 반문하는 순간부터 나는 돌이킬 수 없는 긍정의 늪을 건너버린 셈이었다. 잘못(?)을 저지르지 않은 사람은 절대 '왜'라고 반문하지 않는다. 거짓말 같다고? 여러분도 쉽게 분별할 수 있다. 다음 예문 중 진짜 술 마신 범인을 골라보시라.

Q: 너 술 먹다 들어왔지?

용의자 A: 술? 갑자기 웬 술?

용의자 B: …나? 왜?

용의자 C: 그게 무슨 소리야?

그렇다. 나도 알고 너도 아는 용의자 B가 진정한 취중 귀가 범인이다. 뿌이뿌이뿌이~~~~!

비혼 여성의 삶으로 에세이를 내겠다는 포부를 품은 마당에 막상 독립을 하고 나니 어딘가 모르게 허전하고 적적하다는 얘기를 솔직하게 적어 내려갈 수가 없었다. 조미료를 약간 가미해서 요새 유행하는 집착광공 스타일의 멋지고 쿨한 모습만 보여주고 싶달까. 예를 들어 이따금 외로움을 느낀다 할지라도 빈속에 독한 위스키를 들이붓고는 고독을 안주 삼아 꿀떡꿀떡 삼켜 털어버리는 그런 현대 도시 여성의 이미지를 꿈꿨던 것이다. 허나 막상 실상은 아래와 같았다.

- 집에 위스키도 없다. 위스키는 고사하고 찬장에 그 흔한 맥주잔 소주잔도 없다.
- 건강은 또 엄청 신경 써서 빈속에는 아메리카

노도 안 마신다.

– 규칙적인 생활 중시하고(오전에는 운동하러 가야
한다), 저녁 6시 이후에는 알코올 섭취도 하지
않는다.

결론적으로 퇴폐나 치명, 그런 것과는 꽤 거리가 있는
거의 청교도적인 삶을 살고 있는 사람이라는 얘기.

이에 대한 배경 설명을 좀 하자면 사실 나는 이전에
한 번도 혼자 살아본 적이 없었다. 태어나서부터는 대가
족이 모여 사는 큰 집에 옹기종기 사촌들과 부대끼며 살
았고, 청소년기부터 성인 시기까지 죽 가족들과 함께 살
았다. 중간에 해외여행도 다니고 교환 학생을 다녀오긴
했지만 숙소 생활과 기숙사 생활을 독립 생활이라 보긴
힘들지 않나? 워킹 홀리데이 생활 당시에도 하우스 메이
트가 4~5명 정도나 있었고, 한국에 돌아와서 H 기업에
서 주관한 D 하우스라는 셰어하우스에 들어가서도 독
방 같은 공간에서 혼자 잠만 잤지 다른 곳에는 언제나

사람들이 득실댔다.

　개인적으로 집단생활이 단 한 번도 즐거운 적이 없었기에 독립하면 마냥 즐겁기만 할 줄 알았는데 웬걸. 사람 타성에 젖는다는 게 이런 것일 줄이야. 독립 1~2개월 차에 나는 분명 외로움을 느끼고 있었다. 그러니까 같은 공간에 있는 사람들과 직접적인 대화를 하지 않아도 백색 소음처럼 배경음으로 사람 목소리가 깔리는 게 익숙했던 터라 뭔가 혼자 산기슭에 덩그러니 남겨진 기분이 든 것이다. 그때 썼던 글을 잠깐 토막 내 들고 와본다면, 대충 이런 분위기였다.

　　－ 그때 썼던 글의 제목: 타인과 감정의 체온을 나누는 개인주의자, 나의 닭고기 스프들

　　－ 그 당시 심취했던 시: 사람들 사이에 섬이 있다 / 그 섬에 가고 싶다 / 〈섬〉, 정현종

　　－ 그때 열심히 읽던 책:《인간은 왜 외로움을 느끼는가》, 존 카치포, 윌리엄 패트릭 공저

빈속에 독한 위스키는 개뿔, 글에다 이런 궁상을 떨고 있었던 것이다. 때마침 나날이 심화하고 있는 코로나 상황은 이런 고립을 더욱 견고히 만들었다. 덕분에 나는 의도치 않게 헨리 데이비드 소로 화 됐다. 집 앞에 호숫가만 크게 있었어도 내가 다음번에 낸 책 제목은 《북한산자락의 정취》《멈추니 비로소 보이는 것들》… 아, 이건 이미 누가 썼구나. 아무튼 이런 류의 책이었을 것이다. 그때 문득 몇 년 전 시청했던 미드의 한 에피소드가 떠올랐다. 교도소에서 긴 시간 수감생활을 했던 주인공이 출소 후 자유의 몸이 되었음에도 단체 생활의 타성에 젖어 잠시 잠깐 방황하며 외로움을 겪는 내용이었다. 뭔가 지금의 내 모습이 딱 그와 비슷한 것처럼 느껴졌다.

그로부터 정확히 반년 후.

S#7. 동네 어느 카페 (낮)

카메라, 일각 어딘가로 퀵팬하면.

Ins. cut. 카페 창가 자리에 앉아 있는 주인공 엘리가 비친다. 노트북으로 무언가 작업을 하고 있는 모습.

이때 테이블 위에 있던 엘리의 스마트폰에서 진동이 울린다.

액정에는 흰 글씨로 '큰이모'라고 쓰여 있다.

> 큰이모: 잘 지내지? 요새 가족들이랑 통화는 하니?
> 나: 안 한 지 몇 달 됐나? 기억이 가물…
> 큰이모: (걱정스럽다는 듯이) 혼자 사니까 심심하진 않고?
> 나: (혼잣말처럼) 조용하니 좋기만 하고만 뭘…

태평한 표정을 지으며 머그잔을 집어 드는 엘리의 모습에서.

Cut.

이제는 강남이나 홍대, 이태원, 성수동 등을 들를 일이 있으면 집에서 출발하는 순간부터 정신 사납다. 사람 많은 게 싫어진 거다. 집 근처 카페거리에 가서 작업을 하다 대화에 열을 올리는 사람들을 봐도 이제는 '와, 저렇게 남이랑 쉬지 않고 할 얘기가 있다니…'라는 생각이 먼저 든다. 속세(?)의 때가 씻겨져나가며 나를 제외한 인간사에 관한 관심이 없어진 것이다.

　　앞에서도 말한 바 있지만, 헨리 데이비드 소로우는 호숫가 근처 오두막에 홀로 살면서도 길이 닳도록 마을을 오갔다. 그냥 솔직히 집만 숲속 오두막이었던 셈이지, 손님도 자주 오가고, 본인도 그러했다. 사람들이랑 대화하고 싶어서 그랬다던데, 나는 요새 딱히 다른 사람들 얘기도 궁금한 게 없다. 사실 그렇게 다양한 인간군상들을 만나는 것도 아니고(ex. 깡패, 광부, 암거래상, 철도 부자, 우주 비행사 등) 어차피 주변에서 만나봤자 다 비슷비슷한 환경에서 온 사람들이라 하는 이야기도, 생각도 다 어디선가 들어봤던 것들이라 큰 흥미도 생기지 않았다.

이러한 환경적 독립은 내가 책과 부쩍 가까워지는 계기가 되어줬다. 진짜다. 나도 내가 《금강경》을 읽게 될 줄은 진짜 몰랐다. 책 속에 쓰인, 정제된 언어와 표현에 익숙해져버린 것이다. 장 폴 사르트르Jean Paul Sartre의 《구토》를 다시 읽는데, '내가 지금 같은 책을 두 번 읽고 있는 게 맞나?' 싶을 정도로 텍스트가 읽히는 느낌이 전과는 매우 달랐다.

　이렇게 표현하면 분명 가소롭다며 코웃음 치는 사람이 있겠지만, 켜켜이 쌓여 있던 자극적이고 통속적인 거품이 휘발되자 종이 위에 찍힌 텍스트와 이야기가 더 잘 흡수되는 느낌이 들었다. 사르트르가 묘사하던 '구토의 조그만 행복감'이 무엇인지 그 질감을 만져볼 수 있을 것처럼 가깝게 다가왔다. 전에 같은 글을 읽을 때는 '도대체 뭘 설명하고 싶은 건데?'라고 답답하게 느꼈었는데 말이다. 그러니까, 테드 창Ted Chiang이 설명했던, '글을 읽는 행위를 통해, 당신의 사고를 형성하는 패턴들은 한때 나의 사고를 형성했던 패턴들을 복제하게 된다'는 느낌을 받은 것이다.

혼자 보내는 적막의 시간을 통해 사르트르가 묘사했던, 밤이 부드럽게, 머뭇거리며 들어오는 것이 무엇인지 관찰할 수 있는 심적 여백을 가지게 되었다. '그것'을 볼 수는 없지만, 여기에 있었다. 호흡하는 공기 중에 무언가 걸쭉한 것이 느껴진다는 말이 무엇인지 알 수 있었다. 바로, '그것'이었다. 그 소음들, 무수한 이야기들, 사람들의 통상적인 고민과 그저 그런 데데하고 지리멸렬한 사랑 이야기들, 즉각적인 반응을 요구하는 자극적인 대화 주제들이 off 되고 나자 숨죽인 채 무의식 저편에 납작 웅크리고 있던 감각들이 슬금슬금 고개를 쳐들기 시작한 것이다.

몸에 탁기가 빠져나가는 느낌이 든다고 하면 또 누군가는 코웃음을 치겠지? 아무렴 뭐 어때. 내가 그렇게 느낀다는데. 아침부터 잠드는 그 순간까지 완벽히 나만을 위해 꾸려지고 채워지는 하루하루가 만족스럽기 그지없다는데. 요즘처럼 글쓰기가 재밌고(잘 쓰건 말건), 그림 그리는 게 재밌고, 운동하는 게 즐거웠던 적이 없었다. 진짜다. 여기에 진짜라는 말을 몇 번째 쓰는지 모르겠지만 적어도 이 순간에는 진실한 표현이자 문장이다. 솔직히 혼자 보내기에도 하루가 정말 짧다. 읽고 싶은 책, 보고 싶은 영화, 듣고 싶은 노래, 그리고 싶은 그림은 많은데 하루가 저무는 것이 아까울 정도다. 그러므로 나는 자신 있게 말할 수 있다. 나에게는 이 적막과 고요, 그리고 여유가 전혀 우스꽝스럽지 않다고. 이것들이야말로 요새 내가 좋아하는 모든 것들이니까.

비혼 1인
타운 하우스

비 내리던 어느 날, 동네 산책을 하다가 문득, 몇 년 전 발리 우붓으로 한 달 살기를 갔을 때 봤던 펜션 타운을 떠올리게 하는 건물을 보게 됐다. 아마 그날은 미술관을 방문한답시고 스쿠터를 탈탈 끌며 도심 외곽으로 향했을 때였을 것이다. 길을 잘못 드는 바람에 숲길 근처에 있던 한 건물 앞에 이르게 되었는데, 그곳도 꼭 이곳처럼 2층으로 된 건물이었다. 1층 테라스에서는 백발의 할머니 한 분이 이젤을 앞에 세워 놓고 캔버스 위에 붓질하고 계셨다. 커튼이 거둬진 유리창을 통해 안을 들여다보니, 작업을 끝낸 듯한 여러 점의 캔버스가 거실 여기저기에 잘 진열돼 있어 마치 갤러리와도 같은 느낌을 풍겼다.

갑자기 낯선 이가 마당 앞에서 서성거리고 있으니 신경이 쓰였는지, 하얀 머리칼에 푸른 눈을 가진 할머니가 내게 먼저 인사를 건넸다.

"안녕하세요."

먼저 인사를 건네는 할머니는 동양풍의 하얀색 모시 상의를 입고 있었는데, 그 색감이 머리카락 색과 참 잘 어울렸다.

"방해해서 미안합니다. 제가 길을 잃는 바람에…. 혹시 아트 뮤지엄에 어떻게 가는지 아시나요? 이 근처라고 들은 것 같은데."

후텁지근한 발리 날씨 때문에 이마에 땀이 송골송골 맺혀 있던 나는 손으로 부채질을 하며 길을 물었다.

"정반대 방향으로 왔네요. 혹시 모퉁이에 있던 오래된 조각상 지나쳐 오셨나요?"

할머니는 손에 쥐고 있던 붓을 내려놓고 이젤 앞에서 몸을 일으켰다.

"여신 동상 말하는 건가요?"

"네, 맞아요. 그 동상에서 오른쪽으로 난 길로 꺾어서 가야 해요. 그럼 바로 보일 거예요."

서울에서 나고 자랐으면서도 심심치 않게 길을 잃곤 하는 타고난 길치인 나로서는 타국에서 길을 잃는다는 해프닝이 그리 놀랍거나 새삼스럽지도 않았다. 안에서 새는 바가지 밖에서도 샌다고 그 방향치가 어디 가겠는가? 정반대로 왔다는 할머니의 말에 그저 한쪽 어깨를 으쓱해 보일 따름이었다.

우연찮게 시작된 스몰토크가 이런저런 화제로 곁가지를 치며 길어지기 시작하자 "여기 서서 이러지 말고 앉아서 얘기하자"며 할머니는 내게 1층 테라스에 있는 테이블 자리를 권했다. 며칠 전 시장에서 사 왔다는 레몬 허브 밤 티를 차갑게 내려준 것도 덤. 미술관 가는 일이 그리 급한 용무가 아니었던 나도 이른 오후의 더위를 삭

일 겸, 할머니와 마주 앉아 이야기를 이어가기 시작했다.

할머니는 독일 사람으로 한 번 결혼을 한 적이 있다고 했다. 슬하에 2명의 자식을 뒀는데, 남편과는 가치관 차이로 이혼한 이후로는 홀로 생활을 하는 1인 가구였다. 그렇게 생활한 지가 어느덧 20여 년 가까이 지났다고. 5년 전 은퇴를 하고 나서부터는 세계 곳곳의 미술관과 갤러리를 돌아다니며 개인 창작 활동에 몰두하는 중이었다. 한 도시에서 몇 달 살다가 또 다른 도시에서 몇 달 살기도 하고, 프랑스 파리에서는 한 달 내내 루브르 박물관에 출근하듯 드나들며 작품 감상을 하기도 했다며 할머니는 웃음을 터뜨렸다. 자식도 모두 출가시키고 완전히 다시 혼자가 되고 난 후에야 온전히 인생을 즐기게 되었다고 말하는 마사Martha. 그의 이야기를 들으며 나의 노년도 이와 같았으면 좋겠다고 잠시 생각해봤다.

한국에도 발리와 같은 하우스 타운이 하나둘 들어서면 어떨까? 그 타운에는 인생의 황혼기에 접어든 비혼 가구끼리 모여 사는 거지. 각자 개인 텃밭을 가꾸고, 반려동물을 키우고, 커뮤니티 활동을 계획하고 참여하며 말이다. 가끔 제철 과일을 판매하는 시장도 열고, 개인 작품을 전시하는 팝업 스토어 겸 갤러리도 열고, 다 같이 영화도 보고 차담도 나눌 수 있는 그런 커뮤니티. 저녁에는 바다를 바라보며 천연대리석 스파에 들어가 따뜻한 물에 몸을 녹이며 와인 한잔을 곁들이면 정말 좋겠다! 공용 수영장도 있어서 다른 할머니들과 함께 아쿠아 에어로빅도 하고 수구도 하면서 깔깔 호호 재미난 노년을 보냈으면. 서로의 사생활 반경을 침입하지 않은 채, 같은 건물 안에서 층을 나눠 살며 소음 공해 등으로 의가 상하지도 않은 채, 온전히 한 채의 집을 소유하며 여유 시간을 나눌 수 있는 그런 실버 커뮤니티.

"외부 세계가 고요히 가라앉고 나니, 진정 내가 원하는 게 무엇인지 내면을 들여다볼 수 있게 있게 되더군요."

요즘도 마사를 종종 생각한다. 그녀는 지금쯤 어디에 머물며 또 어떤 새로운 그림을 그리고 새로운 사람들을 만나며 새로운 꿈을 꾸고 있을까?

역마살

대학교 2학년 때 모 회사에서 주최한 지방 행사에 1박 2일로 참여한 적이 있었다. 첫날 행사가 끝나고 다 같이 숙소에 모인 밤. 전국 각지에서 행사에 참여하기 위해 한자리에 모인 대학생들 사이에는 한바탕 술판이 거하게 벌어졌다. 그렇게 몇 순배가 돌고, 게임도 시들해져갈 쯤, 각자 인생 여행지에 대해 안줏거리로 풀어놓기 시작했다. 그때 나는 지난해 다녀온 인도 봉사 활동 이야기를 꺼냈다. 어쩌다 생애 첫 여행지가 인도가 되었는지, 그것도 왜 하필 그냥 여행이 아닌 봉사 활동이었는지, 거기서 어떤 일들을 겪었는지… 이야기 끝자락에서는 우리나라를 베이스캠프로 삼고 여기저기 마음껏 훌훌 돌아다니는 삶을 살고 싶다고 얘기했던 것 같다. 당시 한창 한비야 작가의 책이 유행하고 있던 터라 갓 성인이 된 나는 미지의 세계를 향한 모험심으로 요동 치고 있던 때기도 했다.

익일 오전. 산행 일정 중에 어떤 남대생 한 명이 옆으로 불쑥 다가와 말을 걸었다. 어제 술자리 토크 때 들었던 내 봉사 활동 스토리가 인상적이었다고 말문을 텄다.

"어젯밤에 얘기 듣는데, 문득 미래 배우자분이 걱정되더라구요."

"네?"

"이렇게 돌아다니시는 거 좋아하고 어디 멀리 떠나는 거 좋아하니까 남편분이 마음고생할 거 같아서요."

하늘에 맹세코 그 당시 또래로 추정되는 남대생에게 있을지 없을지도 모르는 나의 배우자와 관련된 오지랖을 들었다. 당시에는 '일진이 사나우려니까 별 그지같은 놈을 다 만나네'라고 생각했지만, 그 뒤로 인생을 죽 더 살다 보니 남의 잔치에 감 놔라 배 놔라 하는 인간이 은근히 많다는 것을 알게 되었다.

"언니는 몸만 여자이지 타고난 사주팔자는 남자 같다, 이거야~ 활개치고 돌아다는 거 좋아하지? 어디 가서 주인공 아니면 심드렁한 데다가, 남들이 뭐라 하건 제 고집이면 지옥 불길이라도 걸어갈 사람이라고. 말 한마디를 안 지고, 또박또박 대들고 따지는 거 좋아하는 데다가 남자를 제 아래로 깔보고 이래서 어디 남편이 기를 펴고 살겠어?"

"…아니, 근데 말씀 중에 죄송한데…."

'아니'와 '근데'가 없으면 말문을 못 여는 나였다.

"또, 또…."

벌써 몇 차례 나에게 말허리 자르기를 당한 점쟁이가 질린다는 표정으로 나를 쳐다봤다.

"제가 왜 남의 기까지 세워주며 살아야 하죠? 자기가 알아서 차리고 들어오면 되는 일 아닌가?"

"이거 봐, 이거 봐."

"아니, 근데…"

"아, 이렇게 자기 얘기만 할 거면 뭐하러 여기 왔어! 시간이 다 됐으니까 그만 나가!!"

점쟁이가 지끈지끈 머리를 짚으며 나가라고 하는 바람에 친구와 쫓겨나듯 나올 수밖에 없었다. 아직 물을 말이 한 트럭이나 쌓여 있는데…. 친구는 나보고 100분 토론하러 자기 따라온 거냐고 타박을 했다. 아, 이 복채 값이면 치킨이 2마리인데…. 내 눈앞으로는 교촌치킨 상표가 영화 엔딩 크레딧처럼 잔잔하고 아련하게 올라가고 있었다. 아니 것보다 왜 내 말끝까지 안 들어주냐고!

남의 기를 세워주라는 말에 난색을 표하긴 했지만, 인간관계에서 적당히 서로를 맞춰주는 스킬이 어느 정도는 필요하다고 여기고 있긴 하다. 트로이 전쟁에서 희랍군 진영의 맹주였던 인간의 왕 아가멤논Agamemnon도 아킬레우스Achilleus의 눈치를 살피고, 하다못해 현실 속 배달 어플에서도 고객의 리뷰 하나하나에 업주가 꼬박 정성스러운 댓글을 남기며 재구매 유도 및 신규 고객 유치를 위해 마케팅을 펼치지 않던가.

하지만 그 '적당히 서로의 경계 지켜주기' 스킬이 공적 영역에서 사적인 영역으로 넘어오는 순간, 난이도가 '이지 모드'에서 '하드 모드'로 격상된다. 연애나 결혼 같은 사적인 영역으로 옮겨가는 순간 감정적 득실 관계를 따지게 되기 때문에 필연적으로 인지 부조화를 겪게 될 수밖에 없기 때문이다. 평소에 이성적이고 똑똑하다고 소문난 인간일수록 더욱 그런 인지 부조화를 겪게 될 확률이 높다. 공적인 영역에서 타인의 신뢰를 얻는 것과 사적인 영역에서 사랑을 받는 것에는 분명한 차이가 있으니까. 전자는 개인의 능력과 노력으로 얻어질 수 있지만, 후자는 시시각각 변모하는 상대방의 비위와 조건에 지속해서 부합해야만 관심과 사랑을 유지할 수 있지 않은가? 최소한 미운 정이라도 쌓여야 한다.

우리 모두 한낱 인간인지라 시간의 흐름에 따라 그 속성이 자연스럽게 변하기 마련이고 그로 인한 취향과 기호에는 에누리가 없다. 한쪽이 일방적으로 관계를 유지하고 싶을 때 타인의 마음과 눈을 붙잡아두기 위해 '안 하던 행동'을 시도하게 되는 것도 이 때문이다. 사실 뭐, 칭찬을 해주거나 힘이 되는 말을 해주는 역할까지야 내 에너지가 고갈되지 않는 한 기꺼운 마음으로 해줄 수 있다고 치자. 하지만 만약 내가 자아실현을 위해 추구하는 삶의 방향과 '사랑받는 아내'가 제시하는 삶의 역할과 방향이 극적으로 달라지는 분기점에 서게 된다면 어떻게 되는 걸까? 연애도 결혼도 돈벌이도 결국 내 인생이 행복하자고 시간과 노력, 에너지를 들여 하는 일인데, 그 것이 언제부터인가 나의 행복이 아닌 남의 행복을 위한 비위 맞추는 일이 된다면 이것이야말로 본말전도가 아닌가? 내가 공들인 시간의 탑이 다른 누군가의 쾌적한 상태를 유지하기 위한 것이라면…. 글쎄요, 저는 그렇게는 못 할 것 같습니다….

내가 천성적으로 떠나고 싶어 하는 기질이 있는 걸 어째? 어느 한곳에 얽매이고 싶어 하지 않고, 새로운 환경에 스스로를 노출시키는 것이 얼마나 재밌는데. 가장 가벼운 가방을 짊어진 사람이 가장 멀리까지 여행할 수 있다는 말처럼, 나는 내가 짊어져야 하는 타인의 무게를 가장 가볍게 만들련다. 그래야 내가 떠나고 싶을 때마다 어디로든 홀홀 떠날 수 있을 테니까. 그에 대해 남들이 미주알고주알 참견하고 든다면, 그들에게 돌려줄 말은 다음 3음절밖에 없다.

"남이사!"

문어가
문워크하는 법

내가 유독 좋아하는 시간은 수영하는 시간, 수영 후 샤워를 마치고 선풍기 바람에 머리를 말리는 시간, 고양이 배 냄새 맡는 시간, 침대에 누워 독서등을 켜놓고 책을 읽는 시간이다. 취침 전에 하는 독서는 그날그날 손에 잡히는 대로 한 권 골라 내키는 만큼만 읽다 잠을 청한다. 열어놓은 창문으로 흙냄새가 불어오는 여름 우기 때는 책 구절을 소리 내어 읽어보기도 한다.

나는 이렇게 태생적으로 느긋한 기질을 가졌다. 뭐든

여유 있게. 천천히. 가쁜 숨을 몰아쉴 필요 없도록. 얼굴에 뜨겁게 피가 쏠리는 느낌은 최대한 지양하자는 주의다. 그런 의미로 내 목 뒤에는 착한 사람 눈에만 보이는 주의 태그가 붙어 있다.

'지나친 자극 주의. 스트레스 받을 시 얼굴이 붉게 달아오르는 특징이 있음.'

그런 내가 어떻게 입시와 취업이라는 관문을 거칠수 있었는지 아직도 미스터리다. 본가에서 가족들과 함께 살 때 종종 "너 지금 하고 있는 꼴이 문어지, 사람이냐?"라는 핀잔을 심심치 않게 들을 정도로 방바닥이나의자 또는 사람에게 찰싹 들러붙어 가만히 있는 것을좋아했었기 때문이다. 하지만 그 속의 진실을 들여다보면 어딘가 좀 짠한 구석이 있다. 어린 것이 그래도 번듯하게 한번 먹고 살아보겠다고 제 타고난 천성을 거슬러(?) 얼마나 노력을 했겠느냐 싶어서다. 같은 조강綱에 속하는 뱁새도 황새 쫓아가다 다리가 찢어지는 마당에, 두족강頭足綱에 속하는 문어가 황새를 흉내내려 했으니, 속으로 얼마나 끙끙 앓았을꼬?

"위잉-치킹! 위잉-치킹!"

프라하에서 만난 친구는 고철 기계 소리를 내며 '회사 다니는 내 모습'을 흉내냈다. 그때가 아마 내가 회사에 입사한 지 2년 차 되던 해였을 것이다. 보통 한국의 직장인에게 주어지는 연차는 15일 정도이며, 그마저도 다 못 쓰고 돈으로 보상받는 사람들이 수두룩하다고 했을 때 나온 반응이었다. 프라하에서는 택시 기사도 1년에 30일은 휴가를 간다나 어쨌다나. 도소매업을 하는 자기 친구는 공장들이 한 달 넘게 문을 닫는 휴가 시즌에는 덩달아 2~3달씩 쉬며 여행 다니며 살고 있단다. …이 새끼가?

"와, 그거 완전 현대판 노예 제도 같은데."

한국에서 청년들이 겪는 '보통의 삶'에 대해 궁금하기에 초중고대학교를 거쳐 직장인이 되기까지의 일반적인 코스를 읊어줬다가 이 말을 들었다. 2연타. 순식간에 골절상을 입고 나는 순살 치킨이 되어버렸다. 그렇다고 저런 말을 노골적으로 할 필요는 없지 않나? 버튼이 눌린 나는 몸속의 피가 빠르게 돌기 시작하는 것을 느꼈다. 아침 토스트에 청어 페이스트 발라 먹는 놈들이 알긴 뭘 안다고 입을 놀려?

위이이잉! 경보 발동! 경보 발동! 지나친 자극 주의! 안면부 피 쏠림 시작!

귓가에 경보음이 울렸지만 이미 늦었다. 나는 이미 아가리 파이터 모드에 진입했다.

"청어 페이스트 토스트 맛이 어때?"

노릇노릇 잘 구워진 식빵 위에 페이스트를 발라 내게 건넨 친구가 물어왔다.

"음…. 꽤 인상적인걸. 시궁창 같은 맛이 나긴 하지만 말이야."

쓱 한입 깨물다 만 토스트를 옆으로 밀어 놓으며 한쪽 어깨를 으쓱거려줬다. '와, 너네는 이런 걸 먹고살아?' 하며 미개인을 보는 듯한 이해할 수 없다는 눈빛은 덤.

내 가을 휴가는 이렇게 청어 페이스트 맛과 함께 끝

났다. 노예 계약서 때문에 곧장 한국으로 돌아올 수밖에 없었던 나는 내가 한낱 부품이 아닌 인격체임을 증명하기에 열을 올리기 시작했다. 누구한테? 스스로에게. 왜? 현타를 꽤 묵직하게 맞은 탓에. 그 뒤로는 비 맞은 동네 강아지처럼 정처 없이 밖으로 쏘다니며 시간을 보냈다. 춤도 배우고, 운동도 다니고, 사람도 만나고…. 그러나 모두 임시방편일 뿐, 무언가를 내 속에 채우고 있다는 느낌은 들지 않았다. 왜일까? 의문을 느끼며 다이어리를 슥슥 넘겨보다 그제야 깨달았다.

빼곡히 할 일이 적혀 있어 공백이 없는 일명 '위잉치킹'의 스케줄.

시시간을 허투루 낭비하고 있는 듯한 느낌이 싫었다. '비생산적인 나'를 참아내기 힘들었다는 표현이 더 적절할지도 모르겠다. 모든 것이 계산되고, 예측되는 세계. 그 속에서 나 또한 절대적 시간의 개념에 얽매인 채 살아가고 있었던 것이었다. 심지어 퇴근 후 자유시간까지도. 뭐야, 이거 진짜 위잉치킹 bot이잖아?

그러던 어느 날, 위잉치킹 bot은 무라카미 하루키 Murakami Haruki의 자전적 에세이에서 다음과 같은 구절을 우연히 습득하게 되었다.

> 공장 등에서의 제작 과정에, 또는 건축 현장에 '양생'이라는 단계가 있습니다. 제품이나 소재를 '재워둔다'는 것입니다. 그냥 가만히 놔두면서 바람을 쐬게 하거나, 또는 내부가 단단히 하도록 한다는 것이지요. 소설도 마찬가지입니다.

　위잉치킹 bot에게 새로운 값이 입력되는 순간이었다. 위잉치킹 bot은 잠시 진지해졌다. 고로, 오랜만에 인간다운 활동인 사색에 잠겨들기 시작했다. 스스로를 경작지로만 취급하던 이들 중 하나였다는 사실이 떠오른 것이었다. 그렇다, 위잉치킹 bot은 경작지였다. 그래야 했다. 그것도 기왕이면 비옥토여야 했다. 내가 '생산적이지 못한 나'를 참지 못하게 된 연유다. 경제 시간에 배운 것처럼 나는 인적 자원이자 노동 가능 인구 중 하나에 불과했고, 시간은 자원이었다. 누릴 수 있는 것이 아니라 최대한 알뜰살뜰 효율적으로 사용해 최상의 아웃풋을 이끌어내야 하는 희소 자원. 인력 시장에서 상한가를 친 다른 인적 자원은 아무런 비판 없이 너무도 손쉽게 나의 롤 모델로 각인됐다. 몇 살까지는 취직, 그다음에는 결혼 자금 및 노후 자금 모으기, 결혼, 출산, 최대한 빨리 기력 차리고 워킹맘으로 복귀하기…. 휘유! 도대체 언제쯤 한숨을 돌릴 수 있을까? 다시 귓전에 경보음이 들려오는 것 같았다.

위이이잉! 경보 발동! 경보 발동! 지나친 자극 주의! 스트레스 받을 시 얼굴이 붉게 달아 오르는 특징이 있음!

'아 ××….'

위잉치킹 bot이 긴 사색을 끝낸 후 내뱉은 단발마의 욕설이었다.

'주변 분위기에 맞춰 눈치껏 여기까지 어떻게 꾸역꾸

역 오기는 했는데, 과연 언제까지 이렇게 버틸 수 있을까? 도무지 나는 이 경쟁 구조에 최적화돼 있지 않단 말이야! 왜냐면… 나는… 두족강에 속하는 문어니까…! 도저히 못 해 먹겠다! 나 예전의 내 기질로 돌아갈래!'

끼릭끼릭. 위잉치킹 bot은 황새가 되기를 과감히 포기했다. 어차피 내 길이 아니다. 나에게 맞는 옷도 아니었어. 철커덕, 철커덕. 억지로 관절 사이사이 쑤셔넣었던 나사들을 빼내 바닥에 훌훌 털어버린다. 나는 내 방식대로 앞으로 나아가련다!

문어는 독특한 신체 구조와 높은 지능을 이용해 제 특성을 가장 효율적으로 활용할 수 있는 방식으로 이동한다. 일반적으로는 다리의 빨판을 이용해 기어다니지만 빠르게 움직여야 할 때는 수관에서 물을 힘차게 뿜어 그 반작용으로 이동한다. 그러나 이게 다가 아니다. 특정 문어의 경우 8개의 다리 중 2개만 아래로 뻗어 지면을 밟고 걸어다니는 모습이 과학자들에게 포착됐다.

일명 '문워크Moonwalk'처럼 보이는 이 특이한 이동 방식은 과학 잡지에 대문짝만하게 대서특필되며 화제가 되기도 했다.

　자, 그러니 보아라 세상아! 나는 내가 가장 잘할 수 있는 문워크로 직진해 가련다! 너희가 가는 길만 길이냐! 바다에도 길이 있다, 이거야!

실시간
현관 앞
영상 확인

작년 여름, 친구 E가 이태원에 있는 집으로 이사를 했다. 서울로 상경해 이대 근처에 있는 복층 원룸에서 지내다가 몇 년 만에 방 1개가 따로 달린 전세로 이사를 하게 된 것이다.

E는 어머니가 여자 혼자 사는 집이 번화가 쪽에 인접해 있어 내내 치안을 걱정하셨다며 이 집을 못마땅해하신다고 했다. 그러나 요즘처럼 괜찮은 전세 매물 구하기가 하늘의 별 따기나 다름없는 시기에 열심히 발품 손품 팔아가며 서울에 내 몸 하나 편히 누일 수 있는 공간을

찾은 것은 칭찬할 만한 일이었다.

며칠 뒤, 그에게 전화가 걸려왔다. 간밤에 난데없이 웬 낯선 사람이 현관문을 쾅쾅 두드리고 가는 일이 있었다고 했다. 처음엔 이사 간 전 세입자의 지인이라고 생각했는데, 따로 연락을 취해본 결과 돌아온 대답은 "네…? 저 밤늦게 찾아오는 지인은 없는데…"라는 공포스러운 말이었다.

"혹시 택배 시킨 거 있었어?"

"아니. 야, 안 그래도 이 집에 공동 현관이나 경비실 같은 데가 없잖아. 그래서 전 남자 세입자한테 택배는 어떻게 받았냐고 하니까 글쎄 뭐라는 줄 아나? 쿠팡 같은 데서 시킨 생필품은 그냥 현관문 앞에 놓고 가라 하고, 값나가는 물품들은 집 안에 들여놓고 가라고 집 비밀번호를 알려줬다는 거야. 완전 충격적이지."

"집 비밀번호? …설마 현관문 키패드 말하는 거야?"

"어."

"뻥 아냐?"

"진짜야."

이런 소설 같은 일이 현실에도 존재했구나…. 예전에 읽었던 《엄청나게 시끄럽고 믿을 수 없게 가까운》이라는 소설의 주인공 오스카가 떠올랐다. 우체부 아저씨가 집에 아무도 없을 때 왔다가 그냥 허탕 치고 갈까 봐 집 열쇠를 복사해서 엄마 몰래 건네줬던 오스카. 걔는 7살이었다고 하지만, 이건 뭐…. 소설 속에서야 애가 철이 없어서 그랬다 쳐도 현실에서 다 큰 성인 남성이 그런 결정을 내린 것은 결이 다른 문제였다. 자신의 집 현관 비밀번호를 택배 기사 아저씨와 공유해도 신변에 별문제가 생기지 않으리라는 확신이 있었기에 감행할 수 있던 행동 아닌가?

도저히 내 머리로는 이해할 수가 없는 일이었다. 그건 친구도 마찬가지였다. 이건 단순히 타인에 대한 높은 기대치나 신뢰감의 문제가 아니었다.

택배 기사가 거의 남자로 구성돼 있는 한국 사회에서 여자 혼자 사는 집의 비밀번호를 택배 요청 메시지 란에

떡하니 적어놓고 '신발장 안쪽에 들여놓고 가주세요'라고 적어놓는 일을 상상이나 할 수 있겠는가? 설령 그럴 수 있다 한들, 오히려 택배 기사 쪽에서 의심할 터였다.

'물건 주문하는 거 보니 여자 혼자 사는 집 같은데… 이렇게 현관 비밀번호를 적어놓는다고? 이거 혹시 문 열고 들어갔다가 안구 적출당하거나 장기 털리는 거 아닐까?'

이런 터무니 없는 생각이 들 정도로 말도 안 되는 소리라는 얘기다.

어쨌거나 이사 후 벌어진 당황스러운 이벤트는 그것이 다가 아니었다. E가 이사한 건물에 '여자 혼자' 이사 왔다는 소문이 돌았는지, 저번 새벽에는 아랫집 남자가 여자친구와 술이 잔뜩 취해 올라와서는 또 현관문을 쾅쾅 두드리며 "옥상 문 좀 열어달라"고 생떼를 부렸다고 했다. 친구의 집이 가장 위층이라 옥상으로 향하는 문이 그 옆으로 나 있었는데, 주인이 걸어놓은 자물쇠를 친구 더러 꼭두새벽 중에 열어달라 했다는 것이다. E가 무응

대로 일관하자 술에 취한 남자와 여자는 육두문자까지 남발하기 시작했고, 결국 경찰을 부른다고 안에서 소리치자 그제야 아래로 내려갔다.

"심지어는 벨튀(초인종을 누르고 도망치는 장난)도 몇 번 있었다."

"요즘 세상에 벨튀가 남아 있다고?"

"전 세입자한테 다시 연락해서 물어보니까 자기가 살았을 때는 그런 일이 한 번도 없었다더라."

이사한 지 며칠 만에 날이 어두워지면 심장이 두근거리는 증상까지 생긴 친구는 마침내 ADT캡스홈을 현관문 앞에 설치하게 되었다. 월에 2만 원가량만 내면 실시간으로 현관문 앞 낯선 배회자 감지와 알림을 받을 수 있고, 24시간 출동 요청 서비스도 이용할 수 있는 보안업체 서비스였다. 놀라운 사실은 친구가 CCTV를 달고 현관문 앞에 "CCTV 녹화 중"이라는 팻말을 대문짝만하게 붙여놓고 나자 이사 후 며칠간 겪었던 '문 두드림' 현상이 감쪽같이 사라졌다는 것이었다.

"여자 혼자 산다고 하면 보안 문제로 별의별 것들을 다 신경 써야 하잖아. 신발장에 남자 구두를 놓아야 한다느니, 택배 받을 때 세 보이는 남자 이름으로 수령인을 설정해야 한다느니(ex. 성두홍, 황필조, 조국관 등), 우편물은 최대한 받지 않는다거나(이메일 수령 등으로 전환). 이사 전에 걱정 많이 했는데 월 2만 원씩만 내면 그런 걱정 싹 가시더라."

친구가 이사한 뒤 얼마 지나지 않아 이번엔 내 이사 차례가 왔다. 이사 다음 날 아침, 박스를 버리러 나가는 길에 앞집에서 막 나오던 사람과 정면으로 마주치게 되었다. 이웃 주민은 선량한 인상을 가진 30대 초반의 남자였다.

"안녕하세요. 오늘 이사 오셨나 봐요?"

"네, 안녕하세요."

"혼자 사시는 거예요?"

"네"라는 다음 말이 턱 하고 입술 끝에 걸려오는 것을 느꼈다.

방지턱.

무의식적으로 액셀러레이터를 밟기 전에 조심하시오.

그렇다면, 무엇을?

그 찰나의 순간에 머릿속에 수많은 예시 답안이 스치고 지나갔다. 엄마랑 같이 산다고 할까? 아니면 남동생이랑? 하지만 거짓말인 게 곧 들통나지 않을까? 아니, 근데 나 왜 이런 고민을 하고 있는 거야? 도대체 왜 여자 혼자 사는 것은 될 수 있으면 '숨겨야 하는' 비밀인 걸까?

E가 사는 집에 살았던 남자 세입자의 에피소드가 다시 떠올랐다. 전 세입자는 웃으면서 "어차피 집에 들어와봤자 훔쳐 갈 것도 없는데요"라고 얘기했다고 했다. 훔쳐 갈 것이라, 남성 1인 가구는 물건이 도둑맞을 걱정만 하면 되는구나. 여성들은 그보다 더한 것들, 더 나아가 생명까지 낯선 이방인에게 '도둑'맞게 될지를 걱정해야 하는데.

이사 전날 친구가 보내준 '여자 혼자 살 때 팁'은 어쩌면 '생존 팁'의 다른 표현이 아닐까 하는 생각이 드는 이 삿날이었다.

혼자 사는
삶의
진정한 장점
(반박 안 받음)

이성애를 비롯한 각종 연인 관계에만 역할극적 요소가 있는 것은 아니다. 결혼한 여성이 주변 사람들에게 제2세대 재생산과 관련된 질문(아이는 있어? 아이 계획은 있어? 등)을 자연스럽게 받게 되는 것처럼, 가족이란 울타리를 이루고 나면 같은 가족 구성원들로부터 받는 기대 역할이 있다. 그중에서도 집안 어른들과 가장 잡음이 많이 나는 라인은 장녀 장남, 이 첫째 라인일 것이다. 형제자매 중 가장 먼저 태어났다는 이유 하나만으로 차녀, 차남, 삼녀, 삼남… n녀, n남 막내 라인들과 달리 '인고忍苦'라는 덕목을 추가로 요구받기 때문이다. 그들은 "네가 n살 더 많으니까 동생한테 양보해야지, 참아" 등의 멘트를 들으며 아랫것들을 위해 일찍 철들어야 하는 숙명을 (본의 아니게) 타고난다.

특히 장녀의 경우, 공감 능력이 좋다는 이유로 엄마의 감정적 쓰레기통 역할까지 수행해야 한다. 가정사를 분담한 배우자와 말이 통하질 않으니 그나마 말이 통하는 딸을 앉혀놓고 하소연을 털어놓는 것이다. '네가 딸이니까 엄마를 이해해야 한다', '딸은 원래 엄마의 가장 친한 친구라던데'와 같은 문맥에서 가리키는 공감 능력이 정말 선천적으로 타고난 생물학적 특성인지, 아니면 후천적 사회화의 결과인지 정확히 알 수는 없지만 말이다.

여기서 또 다른 문제는 분풀이를 해도 괜찮은 상대가 되는 것 또한 '친한 딸'이라는 데 있다. 언제는 가만 앉혀놓고 엄마의 마음을 네가 이해해줘야 한다더니, 어떤 날에는 또 분노의 대상이자 가족의 평화를 위한 샌드백 역할을 멋대로 위임한다.

위와 같은 양육자들이 흔하게 보이는 또 다른 특징 중 하나는 아이들이 고충을 토로할 때 해결책을 제시해주기보다는 [라떼는~] ＋ [내가 너보다 더~] 화법을 십분 활용해 '왜 내가 너보다 더 힘든지'를 역으로 어필한다는 점이다. 골자는 '내가 너보다 더 힘들고 팍팍하게 살고 있으니 찡찡거리지 말아라', 또는 '내가 너를(너희를) 양육하느라 더 힘들다. 그런 문제 정도는 알아서 처리해라. 안 그래도 신경 쓸 일 많다'인데, 이렇게 자란 아이들은 점점 의지할 곳이 없어져 아이다울 수 있는 기회를 너무 일찍 박탈당한 채 '어른아이'가 되어버린다. 너무 이른 나이부터 어른들의 생각과 감정을 들어주고 이해해야 하는 위치에 처하고, 또 자신에게 일어난 일신상의 문제를 혼자 끙끙 골머리 앓다 해결하다 보니 일찍 철이 들 수밖에. 혼자 살아서 가장 좋은 점? 바로, '철든 모습 디스플레이'에서 벗어날 수 있다는 점이다. 적어도 나는 그랬다.

　왜 가족끼리 떨어져 살면 더 사이가 돈독해진다는 말

이 생겼겠는가? 이게 다 서로의 감정이 태도가 되는 순간을 적절히 모면할 수 있어서 아니겠는가. 며칠 전에는 인터넷에서 '가스라이팅의 대표적인 예시 25구문'이라는 글을 읽고 순간 누군가 내 일기장을 훔쳐보고 쓴 것이 아닌가 하는 당혹스러움을 느꼈었다.

"내가 그런 말을 했다고? 진짜?"

"내 말은 그런 뜻이 아니었어. 네가 잘못 이해한 거야."

"넌 왜 내가 해준 건 생각을 못 하고 안 해준 것만 생각해?"

"자꾸 과거(옛날 일) 얘기하지 마."

"난 화낸 게 아니야."

"너는 농담도 구분을 못 하니?"

"다 너를 위해서 하는 말이야."

"알았어, 이제부터 너한테는 아예 말을 안 하면 되겠네. 그러면 되지?"

한쪽에게 일방적으로 죄책감을 들게 하는 표현을 쓰고 있음에도 그 사실을 미처 깨닫지 못했던 것은 그런 상황이 이미 오랜 기간을 거치며 익숙해진 상태였기 때문일 것이다. 또한 "이런 얘기를 가족이니까 할 수 있지"라는 친밀성의 전제를 오래도록 주입받은 탓도 있을 것이다. 그때는 미처 몰랐다. 과도한 물리적–심리적 근접성은(가까움은) 정신적–언어적 폭력을 친밀함으로 정당화시킬 수 있다는 사실을. 오래된 피부 각질처럼 무디고 딱딱해진 존재, 처음부터 그곳에 있었던 존재, 나에게서 영원히 벗어날 일 없는 존재, 그러므로 함부로 대해도 되는 당연한 존재가 된다. 물리적 거리가 멀어지고 나서야 비로소 당연성을 상실하고 하나의 독립된 객체로서의 지각을 회복하게 된다. 사실 인간관계 대부분이 이러한 과정을 거친다. 이러한 관계의 둔감화Desensitization 현상이 최초의 사회적 집단인 가족 사이에서 가장 흔하게 나타날 뿐이다.

위와 같은 케이스가 모두에게 똑같이 적용되는 것은

아니다. 단순히 직장과 자택의 거리가 멀어서 독립하는 경우도 있을 것이고, 성인의 경계에서 독립심을 기르고자 1인 가구로 떨어져 나온 사람들도 있을 것이다. 그 외에도 무수한 이유들이 존재할 것이다. 내가 혼자 사는 삶(비혼)과 독립(1인 가구)을 구태여 연결 지어 이야기를 풀어낸 것은 장소와 그로 인해 구성된 상황이 인간의 의식에 미치는 영향을 말하고 싶었기 때문이었다.

결혼 전부터 딩크족을 생각했다가도 결혼 후에 시댁의 간섭과 마찰 또는 부부 관계 유지 목적 등으로 제2세대 생산을 고려하게 되거나, 자신의 직장 커리어를 위해 전근이나 해외 출장이 필요한 상황임에도 불구하고 아이들 학교나 교우 관계 문제 때문에 가정사를 먼저 선택하는 경우를 보면서, 인간이 얼마나 자신이 처한 환경에 지대한 영향을 받는지 새삼 깨달은 적도 많았다. 나 역시 내가 아닌 모습에 나를 맞추기 위해 애써 노력해야 하는 상황을 벗어나고자 집을 나온 것이 아니던가. 그러나 나의 주거 공간에 또 다른 형태의 가족이 생긴다면 분명 나에게는 어쩔 수 없이 그 자리에 걸맞은 기대 역할이 발생하게 될 것이 분명하다. 그것을 방지하기 위해, 즉, 그냥 나답게 편하게 살기 위해 비혼임과 동시에 1인 가구를 유지하는 것이 나의 지향점이자 추구해야 하는 필수 사항이 되어버렸다.

누군가의 기대를 받는다는 것, 표피적으로 그럴싸하게 들리는 말이지만 사실 그 껍데기를 들춰보면 각각의 이해관계가 핏줄처럼 어지럽게 얽혀 있는 것을 확인할 수 있다. 그렇다면 다시 한번 더 강조해본다. 혼자 사는 삶의 진정한 장점은? 역할극의 부담감에서 온전히 해방될 수 있다는 것!

우산은 없지만
떡볶이는
먹고 싶어

글쓰기 수업을 마치고 집에 오는 길. 삑! 카드를 찍고 지하철 개찰구 밖으로 나오자 마치 기다리고 있었다는 듯 휴대 전화 진동이 두어 차례 울려댔다.

금일 현재 서울 지역에 많은 비가 올 것으로 예상하오니 절대 입산하지 마시고, 산사태 발생 우려 거주민분들께서는 안전한 지역으로 대피 바랍니다.

아뿔싸, 비 소식이다. 그것도 폭우 예보! 예상치 못한 상황에 어안이 벙벙해져 주위를 둘러보니 다행히 나 같은 사람이 더 있었다. 띵! 순간 시스템 알림음이 들리는 느낌이었다.

미리 기상청 예보를 확인하지 못한 자들 파티에 가입하셨습니다.

임시 파티원들과 함께 하늘에서 시멘트 바닥을 향해 직하하는 빗줄기를 망연하게 내다보고 서 있었다. 옹기종기 모여 있는 이들은 마치 던전 입구에 모이기는 했으나 퀘스트 스크롤이 없어 입장하지 못하는 캐릭터처럼 보이기도 했다.

'유럽사람들처럼 나도 비에 좀 관대해져 볼까' 싶은 마음이 스멀스멀 피어오르기 시작할 무렵, 파티원들이 게이트 밖으로 "나 지금 역 앞이야. 데리러 와줘"라며 긴급 무전을 치는 소리가 들려오기 시작했다. 덜컹. 등

뒤에서 에스컬레이터가 작동하는 소리를 들으며 머릿속으로 빠르게 계산해봤다.

'그래, 아직 여름이고 빠른 걸음이면 집까지 10분 컷… 옷이야 빨면 된다지만 신발은 어쩐다?'

그러다 문득 이런저런 생각을 하며 시간을 흘려보내는 것이 귀찮아지기 시작했다. 급격하게 배가 고파졌기 때문. 덜컹. 나는 잠시 머뭇거리다가 뒤에 임시 결성된 파티원들을 내버려둔 채 '에라, 모르겠다!'는 심정이 되어 빗속으로 한 발짝 내디뎠다. 잘 있게, 2번 게이트 동지들이여. 나는 나의 길을 스스로 개척해나가기로 했네. 그럼, Adios!

순식간에 온몸이 폭삭 젖어들어갔다. 빗줄기 아래 서 있으니 수영 후 샤워 부스 아래 서 있는 것 같은 느낌이 들었다. 내 버킷 리스트 중 하나가 비 오는 날 야외 수영하는 것이었는데, 아마 지금 이 느낌과 비슷하려나? 아이러니하게도 이런 상황에서 떠오른 것은 다름 아닌 '떡볶이'였다. 그것도 시뻘건 양념을 듬뿍 끼얹어 김이 모락

모락 피어오르는 밀 떡볶이. 나는 길 한가운데 우뚝 멈춰 섰다. 얼른 가던 길에서 방향을 틀었다. 편의점은 아까 1분 22초 정도 전에 지나쳤다.

딸랑. 경쾌한 종소리와 함께 편의점에 들어선, 젖은 생쥐 한 명. 아니, 한 마리? 세는 단위를 무얼로 붙일까 고민하며 슬쩍 편의점 유리 벽면에 비친 나를 돌아봤다가 '마리'로 합의를 보기로 했다. 젖은 생쥐. 그것도 머리에 검은 물미역을 덕지덕지 붙인, 바다에서 막 걸어 나온 해양 생쥐… 한 마리요!

집에 에어프라이어와 커피머신은 들여놨어도 무슨 이유 때문인지(아마 간편식을 지양하겠다는 마음가짐이었겠지) 아직 전자레인지는 없는 살림이었기에 점포 내 전자레인지를 2분 30초간 이용했다. 땡! 전자레인지가 집에 갈 시간이 다 되었음을 알렸다. 나는 조심조심 인스턴트 떡볶이를 집어 들었다.

차박, 차박, 웅덩이를 밟으며 다시 집으로 돌아가는 길. 불이 꺼진 상점가 유리 벽면에 해양 생쥐가 슥 비쳤다. 입술 새로 웃음이 슬금슬금 비집고 올라왔다. 혹여 떡볶이에 물이 들어갈까 소중하게 움켜쥔 채 빗속에서 종종걸음치고 있는 생쥐 모습이 재미났기 때문이었다. 이상한 일이었다. 비가 쏟아진다고 누구 하나 마중 나올 사람도 없고, 그렇다고 집에 가면 누가 따뜻하게 밥상을 차려놓고 기다리는 것도 아닌데 집으로 향하는 발걸음이 왜 이리 경쾌한지. 내가 좋아하는 일을 하며 좋은 사람들과 함께 보내다 온 덕분인가? 누군가 나도 모르게 내 영혼을 전자레인지에 2분 30초 동안 따뜻하게 데운 것만 같았다.

통, 통, 통, 바닥 위로 튀어 오르는 빗방울처럼 한없이 가벼워지는 것. 내 기분에 부딪혀 다시 표면 위로 튀어 오르는 즐거움. 나는 빗줄기 아래서 범인의 실마리를 찾아 영국의 골목골목을 누비는 셜록 홈스 Sherlock Holmes 가 되기도 하고, 온몸에 비누칠을 한 채 빗속으로 뛰어드는 하루키의 〈해변의 카프카〉 속 주인공 카프카가 되기도 하다가, 마침내는 국물 떡볶이를 두 손에 쥔 채 빗속을 걷는 생쥐로 되돌아온다.

　유쾌한 밤이었다. 나는 집에 들어가 현관문을 열자마자 문 앞에서 내 발소리를 듣고 마중 나온 반려 고양이에게 눈인사를 건네고 비에 젖은 옷을 홀딱 벗어 세탁기에 처박았다. 차가워진 손만 따듯한 물에 녹이고 먹는 밀 떡볶이 맛은, 요새 말마따나 '역대급'이었다. 물은 신기하다. 왜 수영이 끝나고 나와 마시는 초콜릿 우유는 더 맛있으며, 비에 젖어 먹는 떡볶이는 왜 유독 더 맛있는 걸까? 이렇게 지속할 수 있는 삶이라면, 이따금 고독감을 느낄 때가 온다 할지라도 외롭지는 않겠구나, 그런 기분에 사로잡힌 늦은 오후가 조각조각 쪼개진 밤의 순간들과 함께 저물어가고 있었다.

감정의
자작농

말 그대로 쫄딱 젖는 것은 순식간에 벌어진 일이었다. 최근 한반도에도 한국형 스콜이라는 새로운 형태의 장마가 탄생한 모양이었다. 하늘에 구멍이라도 뚫린 것처럼 물줄기가 세차게 쏟아지다가 뒤돌아서면 또 금세 매미 소리가 들리며 하늘이 개곤 했다. 손바닥으로 하늘을 가리고자 꼭 붙들고 있던 긴 우산이 다 무색할 지경이었다.

세례자 요한에게 물세례를 받는 듯한 기분을 느끼며 도착한 합정동 근처의 한 카페. 현재 디자이너로 근무하고 있는 H를 만났다. 그는 몇 년째 경기도에 있는 아파트에서 자취하고 있는 1인 가구였다. 경기도 생활이 영 심심하다며 서울로 전입을 꿈꾸고 있다고 말하는 그였지만, 그곳에서의 생활도 꽤 만족스러운 눈치였다. 혼자 살아서 가장 좋은 점이 무엇이냐 물었더니, "자체적으로 감정 정화 시스템을 갖추게 된 것"이라고 답했다. 감정이란 온전히 자기에게 종속된 '농지'와도 같아서 그 밭을 잘 가꿔야 한다고 생각하고 있는 것 같았다. 좀 더 직접적으로 말하자면, '멘탈 관리법'.

감정의 자급자족 시스템. 재밌는 발상이었다. 차고 넘치는 곳간까지는 아니더라도 매서운 계절을 잘 넘길 곡식이 쌓여 있는 곳이라면, 최소한 추위와 배고픔에 떨며 누군가를 찾아 나서는 불상사는 발생하지 않으리라. 또 이따금 대문을 두드리는 '목 마른 자들(타인의 관심과 도움이 필요한 사람들)'에게 시간과 에너지를 나눌 여유 정도는 있을 것이다. 그 시스템을 잘 돌아가게 하는 필터 역할은 아침과 저녁 시간에 하는 명상과 취미 활동이라고 했다. 누군가를 붙들고 자신의 감정에 대해 하소연을 하며 푸는 것이 아니라 내면을 들여다보며 잔잔히 가라앉히는 법이 심신안정에 꽤 도움이 된다고.

"항상 곁에 누군가 당연하게 상주하는 것이 아니라는 사실을 자연스럽게 알게 된 것 같아요. 그래서 누군가와 잠깐 관계를 맺더라도 진심을 다하는 게 보통이죠. 한마디로 사람 귀한 줄 아는 거예요."

혹 관계가 길게 이어지지 않거나 틀어지는 경우가 생기더라도 진한 아쉬움을 갖지 않는 편이라고 덧붙였다. 가족조차 영원히 함께 붙어 있을 수 없는 환경(자녀의 독립 등)에서 친구나 지인 관계에는 더욱더 귀속이라는 개념이 희미해지는 것은 어쩌면 당연한 일일지도 몰랐다.

"주말에는 시간 날 때마다 드론 조종법을 배우고 있어요."

고독감이 느껴질 땐 그냥 그 고독감이 온 상태를 즐긴다고 가볍게 얘기했던 H는 출근하지 않는 주말에 각종 취미 생활 곁들여 하루를 촘촘하게 채우는 편이라고 했다. 그중 하나가 바로 드론 조종이었다. 나중에 드론을 날려 전문적인 항공 샷을 찍어보고 싶다고도 말했다. H는 혼자 맞게 될 노년도 그리 외롭지 않을 것 같다고 했다. 이미 그때쯤이면 취미 단위로 구성된 다양한 노년 공동체가 탄생했으리라 기대하기 때문이었다. 하긴, 기혼자이건 비혼자이건 미혼자이건 서로 공통 관심사만 있어도 1시간은 너끈하게 이야기를 나눌 수 있는 것이 우리네 인간사 아니던가?

이런 취향 기반의 공동체는 단체 생활에 회의적인 내게도 어느 정도 희망적이게 들렸다. 아무래도 이윤을 추구하는 회사 같은 곳이 아닌 순전히 '재미' 생산을 위한 모임이기 때문이겠지? 공동체에 당연시되는 위계서열과 착취 구조 재생산은 멀어지고, 자발성만 남아 조금 더 이상적인 공동체 생활 영위가 가능하지 않을까? 드론 조종 이야기를 하며 노년의 삶이 외롭지 않을 것 같다 소탈하게 밝히는 H를 보며 《동물농장》 소설 속 캐릭터들을 다시 떠올렸다. 만약 돼지 메이저의 '동물 주의'

가 취미와 재미를 우선시하는 것이었다면 나폴레옹도, 스노볼도 단상 위에 서서 침을 튀겨가며 '덜 평등한 동물들'에 대해 이야기할 일이 없었을지도 모른다. 재미와 취미 생활에는 위계가 존재하지 않을 테니까. 그런 공동체에 모인 감정 자작농들은 '평작'만 내도 서로 아주 잘 지낼 만하지 않을까?

나의 축제를
위하여

인생이란 꼭 이해해야 할 필요는 없는 것,
그냥 두면 축제 같은 것이 될 터이니.
길을 걸어가는 아이가
바람이 불 때마다 날려오는
꽃잎들의 선물을 받아들이듯이
매일 매일이 네게 그렇게 되도록 하라.

꽃잎들을 모아 간직해두는 일 따위에
아이는 아랑곳하지 않는다.
제 머리카락 속으로 기꺼이 들어온
꽃잎들을 아이는 살며시 떼어내고,
사랑스런 젊은 시절을 향해

더욱 새로운 꽃잎을 달라 두 손을 내민다.
_〈나의 축제를 위하여〉, 라이너 마리아 릴케

테드TED 강연을 보다가 이런 표현을 들은 적이 있었다. 인간의 삶은 손전등 하나에 의지해 어둡고 깊은 창고 안을 헤매는 여정과 비슷하다고. 창고 안에는 엄청나게 멋지고 근사하고 다양한 물건들이 가득하지만 안타깝게도 불이 환하게 들어오지 않기 때문에 인간은 자신이 들고 있는 손전등이 비추는 곳만 볼 수 있다. 그래서 의도적으로 자신이 비추고 있는 손전등의 위치를 바꾸지 않는 이상 항상 같은 것을 보면서 살아갈 수밖에 없다. 아마 그가 뜻한 것은 다른 말로 세계관일 수 있고, 선입견일 수도, 개개인의 내적 시스템(하드드라이브)라고도 부를 수 있을 것이다. 무엇이라 칭하든, 그것이 어떻게 세팅됐느냐에 따라 보고 느끼고 경험할 수 있는 삶의 재료가 바뀌는 셈이다. 그리고 대부분 그 초기 세팅 값은 본인의 의지와는 무관하게 설정된다. 바로 가정 환경에 의해서다. 여기에는 가족 구성원들의 정서 상태와 경제적 여건 모두가 포함된다. 한 개인의 인생에 중요한 역할을 하는 내적 시스템 대부분이 가공품처럼 미리 설정된 채 세상이란 컨베이어 벨트 위에 올려진다.

"여자애가 겁도 없이."

호주로 떠나는 내게 큰이모부가 대뜸 뱉은 말이었다. 걱정이라기보다 못 마땅해하는 기색이 더 역력했다.

"아무튼 제멋대로야. 곧 죽어도 남의 말 안 듣지."

엄마와 종종 말다툼할 때마다 나는 싸가지 없는 놈이 되었다. 연장자의 이야기를 곧이곧대로 듣지 않고 자기주장을 앞세우는 태도 때문이었다.

"요즘 애들은 개념이 없어. 이래서 여자들도 군대 다녀와야 한다니까."

○○베스트라는 사이트 유저인 것이 690퍼센트 확실한 남성 직속 상사에게 들은 말이었다. 속으로 "좆 까드세요"만 연발하고 있었기 때문에 그때 왜 저런 말을 들었는지 기억은 잘 안 난다. 뭐 어차피 기억할 필요도 없

는 좆같은 일이었겠지만.

어쨌거나 내가 겁 없고, 싹수없는 데다 개념까지 없는 3무無 인간이 된 데에는 딱 한 가지 공통적인 배경이 있다. 그들이 제시하는 방향으로 손전등을 고정하지 않았기 때문이다.

"너는 생각이 너무 많아. 다들 그렇게 살아."

지금 당장 안정감을 느끼지 못하는 사람이 둘이 된다고 안정감을 느낄 수 있을까? 아이가 생기면 모성애가 자동으로 우러나오는 걸까? 만약 영화 〈케인에 대하여 We Need to Talk About Kevin〉처럼 아이를 사랑하지 못하는 엄마가 된다면? 또 '정상'이란 범주에 나를 끼워 맞추기 위해 홀로 발버둥 쳐야 하겠지. 생각이 너무 많다고? 스스로 생각하지 않으면 남들이 생각하는 대로 맞춰 사는 수밖에 없는 데도? 그건 손전등이 아니라 가이드라인이 잖아.

언젠가 이런 글귀를 읽은 적이 있다. 자유로운 삶은 존경받지 못한다고. 세상의 잣대를 훌쩍 뛰어넘기 때문이란다. 그러나 자신의 마음을 속이지 않고, 마음이 가리키는 이정표를 따른 자유로운 삶은 사랑받는다. 그리고 상쾌한 청량감을 선사한다. 누군가의 눈에는 홀로서기를 하는 인생이 불안정하고 고독해 보일지 모르겠지만, 그럼에도 불구하고 역시 자유는 아깝다. 그리고 나 같은 개별자들의 점들을 이어 새로운 그림을 그려가다 보면 또 어딘가에서 새로운 교집합을 만들어 무궁무진한 파문을 만들어낼지도 모르는 일이다.

그럼으로 오늘도 나는 내 멋대로 손전등을 휘두르며 이 세상을 무대 삼아 훨훨 날아오른다, 훨훨!

PART 03

지속 가능한
비혼 라이프를 위하여

데이트 말고
네트워킹

"여자들끼리 모여서 축구나 야구, 농구 같은 팀플레이 운동하지 말라는 법이라도 있나요?"

　최근 1인 가구의 급속한 증가 현상과 맞물려 다양한 형태의 집단과 모임이 속속들이 생겨나고 있다. 작게는 취미를 공유하는 소모임에서부터 주거 공간을 공유하는 생활 공동체(하우스 메이트, 룸메이트, 셰어 하우스 등), 그리고 경제적 부가 가치 창출을 도모하는 협동조합(경제적 대안 공동체)까지 다양한 사례가 늘고 있다.

생활 공동체의 대표적인 예로는 비혼 여성들로 구성된 공동체 '비혼들의 비행(이하 비비)'이 있다. 전주에 근거지를 두고 있는 비비는 다양한 연령층의 독립적인 1인 가구 형태를 띠고 동일한 공공 임대 아파트 단지에 거주하고 있는데, 그들은 단순한 생활 공동체를 넘어선 '생활문화 공간' 기능을 하는 공동체를 만들고자 다양한 노력을 기울이고 있다. 비혼 여성과 지역 여성들이 이용하고 참여하는 교육·문화 배움터이자 정서적 교류와 연대의 장을 기획할 뿐 아니라 자체적으로 협동조합 법인체를 구성해 1인 여성 가구가 황혼기에 접어들어서도 스스로 경제적 부가 가치를 창출할 수 있게끔 도움을 줄 다양한 토대를 마련하고 있다. 자세한 활동 사항은 비비 공식 웹 사이트에서 확인할 수 있다.

다른 비슷한 예로 지난 2014년 마포구 동교동에 생겼던 비혼, 미혼 1인 여성 가구를 위한 협동조합 '그리다'가 있다. 이곳에서는 품앗이 모임, 셰어링 모임(반찬, 장바

구니, 운동 등), 자기 성장 프로젝트, 생태 드로잉 모임 등 다양한 강좌와 심리 상담을 진행하며 1인 가구 여성의 심리적 안정 및 네트워킹 활성화를 위한 여러 활동을 운영하기도 했다. 한 조합원은 매체와의 인터뷰에서 "여성의 성장은 여성의 일자리가 많아지는 것도 의미하지만, 자기 자신에 대한 힘을 의미한다. 자신에게 닥친 어려움을 알고, 그 문제를 해결하는 힘을 가지는 것이 성장이다. 교육, 경험, 네트워크에 따라서 기회는 다르게 온다"라며 여성의 사회적인 네트워킹의 중요성을 강조하기도 했다.

특정 협동조합이나 공동체 외에도 비혼인들을 위한 다양한 네트워킹 접점들이 존재한다. 요새 흔히 언급되는 '느슨한 연대'를 통해 자신과 결이 비슷한 타인들을 찾아 함께 어울리며 친밀성의 욕구를 충족시키고 있다. 최근에는 트위터나 인스타그램과 같은 SNS 플랫폼이나 카카오톡 오픈 채팅방 등이 비혼 가구의 커뮤니티 창구로 이용되고 있다. 팔로우, 리트윗이나 리그램 등의 공유

및 연결 수단을 통해 새롭게 올라오는 정보를 수시로 확인할 수 있음과 동시에 다른 사용자들과 접점을 만들 수 있어 활발한 소통의 장을 형성하기 때문이다. 또한 링크 공유를 통해 비혼인들의 운동 모임, 독서 모임, 글쓰기 모임, 재테크 모임, 취미 모임, 경제·외국어·주식 매매 스터디, 보드 모임, 심지어 게임에 이르기까지 분야에 상관없이 다양한 주제의 크고 작은 소모임 등을 개최하고 신규 회원을 모집하며 함께 활동을 기록해나가고 있기도 하다. 함께 프로젝트나 사업을 진행할 팀원을 구하거나 비혼인 룸메이트를 구하기도 하는 등 네트워크 형성 이상의 여러 가지 부가적 순기능도 발휘하고 있다. 이러한 활동은 자신과 비슷한 관점, 관심사를 가진 다른 비혼인을 찾아 접점을 형성할 수 있게 할 뿐만 아니라 '나는 혼자가 아니다'라는 소속감과 연대감을 동시에 충족시키는 것으로 보인다.

"아무래도 회사에서 비슷한 생각을 하는 동료를

찾거나 만나는 것이 생각만큼 쉽지 않다 보니 퇴근 후에 비혼인을 대상으로 한 다양한 모임에 참여하게 되더라고요."

얼마 전까지 직장인이었던 (현) 백수 Y. 글쓰기 모임에서 격주로 만날 때마다 으레 인사치레로 묻는 "잘 지내셨어요?"에서 같은 대답이 나오는 법이 없는 엄청난 삶을 살고 있는, 인싸의 표본과도 같은 삶을 살고 있는 친구다. 그의 앞에서 인싸라고 명함을 내밀려면 최소한 구, 동 단위 단체의 헤드 정도는 되어야 가능할 것 같다.

자발적 백수의 삶을 만끽하고 있는 Y는 페미니즘 스터디 모임, 조기축구회, 에세이 쓰기, 토론회 등 다양한 모임에 참여하며 자신의 청춘의 열기를 말 그대로 '불사르고' 있었다. 여자들끼리 크고 작은 소모임을 하며 다들 어찌나 친해졌는지, 그의 집 칫솔 통에는 무려 마흔 개에 육박하는 칫솔들이 옹기종기 꽂혀 있다고 했다. 그의 칫솔 통은 비혼 친구들이 놀러 왔다가 하루 묵고 가며 남긴 방명록(?) 기능을 대신하고 있는 것 같았다. 물론 그 역시 1인 가구다.

> "왜 여자들끼리 모여서는 축구나 야구, 농구 등을 즐기지 않을까 항상 궁금했거든요. 학교 다닐 때도 남자애들끼리는 맨날 모여서 운동을 즐기다 보니 졸업하고 나서도 곧잘 뭉치고는 하더라고요? 일각에선 여자들이 더 개인주의 성향이 강해서 그렇다고 보는 것 같기도 한데, 제가 느낀 바로는 그럴 기회가 없거나 또는 여자들끼리 뭉쳐 그런 운동을 하는 광경에 노출된 적이 없으니 엄두가 나질 않아서였던 것 같아요. 요새는 비혼 여성들끼리 하는 축구 모임에 푹 빠져 있는데, 이렇게 재밌는 걸 우리는 안 끼워주고 남자들끼리만 했다고 생각하면 아직도 분하다니까요?"

이 사회에서 1인 가구가 뛰어넘고 있는 것은 어쩌면

비혼인에 대한 편견뿐만이 아니라 독신 '여성'으로 살아가는 것에 대한 편견과 한계일지도 모르겠다는 생각이 들었다. 혼자이기 때문에 할 수 없는 것, 또는 성별 때문에, 나이 때문에, 사회적 지위 때문에 혼자서는 엄두 내지 못했던 것들에 대해 '엄두를 내보는 삶'을 서로 적극적으로 격려하고 응원해주는 커뮤니티가 비혼인들의 모임이 아닐까?

당신만의
속도

버락 오바마Barack Obama는 55세에 대
통령 자리에서 물러났지만, 도널드 트럼프Donald
Trump는 70세에 취임식을 가졌다.

누군가는 25살에 CEO가 되었지만 50살에 세상
을 떠났다.

반면 다른 누군가는 50살에 CEO 자리에 올랐고
90살까지 살다 세상을 떠났다.

누군가는 여전히 싱글이고, 반면 누군가는 결혼
을 했다.

세상 사람 누구나 자신만의 타임 존Time zone을 가지고 있다.

다이아나 나이아드Diana Nyad는 전 세계 최초로 쿠바 해협을 횡단한 수영 선수다.

그는 2013년 8월 쿠바에서 출발해 180킬로미터의 거리를 장장 53시간 동안 쉬지 않고 헤엄쳐 9월 2일 플로리다 해변에 도착했다.

무려 5번의 실패 끝에 이룬 성공이었다.

그의 나이 64살 때의 일이다.

한때 사이트에 떠돌던 유명한 문구다. 당신만의 속도, 원문에서는 '타임 존'이라는 표현을 썼다. 지구상의 여러 나라가 각자의 타임 존에 맞춰 일상을 영위하고 있듯, 각 개인에게도 각자에게 맞는 타임 존이 설정돼 있다는 얘기였다. 그러니 누군가를 부러워하지도 또 누군가를 따라 하려 할 필요도 없다. 그저 서로의 생애주기와 속도를 인정해주면 되는 것이다.

누군가는 50살이 다 되어서야 공부를 시작할 수도 있고, 누군가는 성인이 되고 한참이 지나서야 홀로 첫 여행을 떠나게 될 수도 있다. 또 일흔이 다 되어서 첫 결혼을 선택할 수도, 또 다른 누군가는 배우자 없이 홀로 삶을 꾸려가기로 정할 수도 있는 것이다. 반대로 20대가 되자마자 법적 혼인 관계를 맺었던 누군가는 단 몇 개월 만에 이혼을 결심하고 나머지 평생을 혼자 살아가기로 삶의 방향성을 재조정할 수도 있다. 인간의 결혼과 제2세대 재생산에 대해 자연이 정해놓은 법칙 같은 것은 없다. 오직 인간들의 편견만 있을 뿐이다.

> 사람이란 서두는 게 앙이오. 목수가 대패질하듯이 설설 살아야지비.

　박경리 작가의 《토지》에 나오는 대사를 읽으며 내 인생을 목수의 대패질을 견주어 생각해봤다. '신중하게 자재를 고르고, 한 땀 한 땀 정성스레 페인트칠하고, 못을

박고 또 대패질하며 모두가 그렇게 진득하니 저마다의 인생을 꾸리며 살아가면 어떨까'라는 생각이 든 것이다.

일양래복一陽來復, 음산한 겨울 날씨 속에서 양기陽氣가 싹트기 시작한다는 말이다. 동지는 1년 중 가장 밤이 긴 날. 그러나 이날을 기점으로 밤의 길이는 점차로 짧아지기 시작한다. 겨울의 최정점을 찍은 그 순간, 봄이 오기 시작하는 것이다. 그러니 그대여, 부디 지금 겪는 밤이 길다고 하여 쉬이 낙담하지 말기를. 남의 계절과 시간을 부러워하거나 좇으려 또는 맞춰 가려 애쓰지 말기를. 당신을 위한 계절이 곧 모퉁이를 돌아 종종걸음쳐 품속에 폭 안겨올 것이니.

언니!
나 먼저 가연

"너 결정사라는 말 들어봤어?"

오랜만에 J 언니와 통화를 하던 밤이었다. 서로의 미래에 관한 이야기를 나누던 중에 언니가 대뜸 처음 들어보는 단어를 아냐며 물어왔다.

"고독사는 들어봤어도 결정사는 못 들어봤는데…."

파앗—!

그때 갑자기 어디선가 보이는 하얀 불빛. 바로 얼마 전 간호사 지인 D와 나눈 대화가 플래시백 됨을 알리는 섬광이었다. 그때 분명 D에게 나도 고급 실버타운에 입주할 것이라며 먼 장래의 포부(?)를 밝혔는데⋯.

'아, 맞아. 미리미리 돈 많이 저축해놔야지. 내가 진짜 다음번에는 주식 투자랑 부동산 투자 법 깨쳐서 '초보도 할 수 있는~' 또는 '3n살 안에 n억 만들기' 또는 '비혼 노후 걱정? 인제 그만! 저만 믿고 따라오세요!' 이런 책 낸다 진짜.'

그렇게 홀로 야무진 상념에 빠져들고 있을 때, J 언니의 목소리가 다시 수화기 저편에서 들려왔다.

"결혼 정보 회사의 줄임말이래. 전 회사 동료가 나보고 더 나이 차기 전에 결혼할 생각 있으면 빨리 결정사 등록하라고 하더라? 35살이면 결혼 시장에서 만혼晚婚, 나이가 들어 늦게 결혼함이라나 뭐라나."

사회가 정한 '결혼적령기'의 스펙트럼 안에 위치한 언니는 요새 결혼이 자신에게 어떤 의미가 있는지 진지하게 고민해보고 있는 것 같았다.

"왜 흔히 경제적으로 불안정하면 결혼하고 싶어진다고 하잖아? 그런데 주변에 보면 멀쩡한 직장을 가지고 잘 살다가도 갑작스럽게 분위기나 외로움 같은 감정에 휩쓸려서 번갯불에 콩 구워 먹듯 후딱 결혼을 해치워버리는 케이스도 있더라고? 그런 걸 보면서, 이성적이지 못할 때 결혼이라는 결정을 내리는 불상사를 막기 위해서 미리 자기 자신과의 관계를 안정적으로 잘 형성해놓는 게 중요하겠다는 생각을 하게 됐어.''

회사를 다니던 20대 중반 시절 상사에게 "이왕 아이 나을 거면 빨리 시집가서 한 살이라도 어릴 때 아이 낳는 게 편하고 좋지 뭘 그래?"라는 말을 들었던 일이 기억났다. 이왕已往, 이미 정하여진 사실로서 그렇게 된 바에이라고? '나는 꼭 아이를 낳을 것이다'라는 포부를 밝힌 적도 없는데 도대체 누가 남의 출산을 '이왕의 일'로 정해놨다는 말인가? "결혼할 생각이 있으면 빨리 결정사 등록해라"라는 말도 X 같이 느껴지기는 매한가지. 한 개인의 인격적 성숙도나 생애 주기 속도에 상관없이 단순히 신체적 나이만을 염두에 두고 회자하는 말이기 때문이다. 연애와 결혼 시장에서 상품 가치가 떨어지기 전에,

아이를 낳을 수 있게 몸 상태가 최적화됐을 때를 놓치지 말고 출산을 해서 고생을 덜어라! 어디선가 많이 들어 본 레퍼토리 같다.

두두둑!

그때 마침 어디선가 들려오는 무언가 반으로 뚝 분질 러지는 듯한 소리. 설마… 이것은 또 다른 플래시백…?!

'여자 나이 25살, 반오십이면 꺾인 거지. 여자 나이는 크리스마스 케이크라잖아.'

미국 교환 학생 시절 옆방 한국인 언니에게 들었던 푸 념이 메아리처럼 왕~ 왕~ 에코 효과를 동반하며 귓가에 쟁쟁히 울려왔다. 지금 와서 생각해보니 정말 기가 찰 노릇이다. 여자 25살이면 아직 뭐 제대로 시작도 안 한 나이 아닌가? 하, 참나. 그때 우울해하던 언니도 지금의 나처럼 자기의 옛날 발언에 콧방귀 끼고 있으면 좋겠다.

"내가 그때 그런 말을 했다고? 진짜 크리스마스 케이 크 같은 소리 하고 앉아 있었네…? 여자 나이 쉰다섯도 아직 창창한 청년기구만."

이렇듯 지배적 사회통념이 개개인의 의식에 미치는 영향은 어마어마하다. 20대에는 여자 나이는 크리스마스 케이크니, 반오십 꺾였다는 둥 프레임을 씌우더니, 30대로 접어드니 결정사라는 프레임 안에 새로 가둬버리는구나. 아주 마흔 넘어가면 미리 영정사진 걸어주겠어? 하긴. 여자의 '완경'을 놓고 여자로서 인생이 끝났느니, 어쨌느니 이런 말을 늘어놓은 사회인 것을….

　　이런 사회적 통념이 가장 잘 드러나는 것은 바로 결혼 시장의 캐치프레이즈다.

　　"언니! 나 먼저 가연!"

　　"예쁠 때 가고 싶은 사람."

　　가만히 있던 애꿎은 '언니'의 머리채를 휘어잡더니, '나 먼저'라는 표현을 덧붙이며 여성의 신체적 나이를 기준으로 위계를 나눠버린다. 다른 결정사에서는 '예쁠 때 간다'라는 표현을 쓰며 적절한 때와 시기를 주입시킨다. 장을 보러 들리는 동네 마트에서 볼 수 있는 문구와 크게 다를 바가 없다.

지금이 가장 당도가 높은 시기입니다. 맛있는 귤을 드시고 싶다면 바로, 지금! 사 드셔야 합니다.

그나마 다행인 것은 J 언니처럼 자의든 타의든 결정사를 고민하게 되는 시기가 왔을 때 참고할 만한 주변의 다양한 예시들이 늘어나고 있다는 것이다. 1인 가구의 비약적인 증가 추세가 불러온 긍정적 파급 효과다.

"언니 동생들, 굳이 안 오고 싶으면 안 와도 되연~♡"

'정상 가족'
궤도를 이탈한
주거 난민들

그러니까, 무작정 사람 소개를 부탁
해버렸다. 글쓰기 수업에 참여했던 S가 "알고 있는 사람
중에 진짜 다양한 경험을 많이 한 멋진 분이 있다"고 지
나가듯 한 말을 놓치지 않고 캐치한 것이다.

'다양한 인생 경험이라… 참으로 바다 위에 뜬 표주박
신세와 같은 표현이로다. 다른 말로 표현하자면, 초년운
이 다사다난했다 정도가 되려나?'

나 역시 본의 아니게 초년 기신운대를 지나왔던지라
그런지 몰라도 만나기 전부터 묘한 공감대 형성이 되고

있었다. 우리가 처음 만난 장소는 합정동. 베이커리 카페 안에 먼저 도착한 B는 크로와상을 먹고 있었다. 시간이 8시인데 아직도 저녁을 못 먹었다고 했다. 나는 초코라떼를 시킨 후 그의 앞에 한 자리 차지하고 앉아 노트북을 켰다. 마음 같아서는 커피를 시키고 싶었지만 오후 6시가 넘어간 시간이기 때문에 칼같이 후보 순위에서 제외. 어쨌건 나는 사람 만나자 해놓고 첫 만남에 노트북부터 켜는 그런 인간이다. 물론 B에게 만나기 전부터 이에 대한 동의를 구한 상태였다.

"저는… 뭐, 주거 난민이라고 소개해야 할까요?"

본인을 '주거 난민'이라 칭하는 30대 중반의 B 씨는 현재 '역세권 청년 주택'에 입주한 지 3개월 차였다. 역세권 청년 주택이란 지난 2016년 서울시가 만 19세 이상 39세 이하의 무주택 청년과 신혼부부를 위해 대중교통이 편리한 역세권에 임대 주택을 마련해 제공하는 사업을 지칭한다. B가 거주하는 청년 주택은 17층짜리 오피스텔로 층마다 20세대씩 거주할 수 있게 되어 있어 총

340가구가 입주한 상태였다. 보증금 4,600만 원에 월세 28만 원(관리비 10만 원 미포함). 주어진 공간은 5.5평이 전부였다.

"저는 어디 가서 제 소개를 할 기회가 오면, 공대 나와서 사회를 부유하는 여자라고 얘기해요. 말 그대로 어느 한곳에 제대로 정착하지 못하고 이리저리 흘러 다니는 부평초 같은 신세거든요. 대학 잘 가서 학벌만 높으면 그 뒤로는 탄탄대로만 펼쳐지는 줄 알았는데, 막상 졸업하고 보니 꼭 그런 것만도 아니더라고요? 학과가 학과이니만큼 들어가는 곳마다 견디기 힘든 남초 직장 특유의 분위기 때문에 자주 이직을 해야 했고, 직장을 옮길 때마다 회사 근처로 집도 옮기다 보니 결국 불안정한 철새 생활을 하게 됐어요. 아마 이사만 2~30번을 다녔을 거예요. 오죽하면 지인들한테 가장 자주 듣는 소리가 '또 이사 갔어?'라니까요."

B는 비교적 월세가 저렴한 행복 주택도 알아보았으나 이제는 아예 지원조차 하지 않는다고 했다.

"행복 주택 경쟁률이 얼만 줄 아세요? 거의 1만 대 1이에요. 공고 게시판에 보면 집이 달랑 한 채 올라왔는데 조회 수가 삽시간에 몇만 회가 훌쩍 넘어간다니까요. 얼마나 치열할지 대충 감 오시죠?"

　그렇다고 역세권 청년 주택 입주자 경쟁률이 만만한 것도 결코 아니다. 서울시가 발표한 자료에 따르면 역세권 청년 주택 첫 입주자 모집 당시 140대 1의 경쟁률을 기록했다고 한다.

　B는 3n년 동안 기숙사, 셰어 하우스, 청년 주택, 방 셰어 등 다양한 형태의 집을 전전해왔다. 한때 셰어 하우스가 서울 내 집 마련의 대안이 될 수 있겠다고 생각한 적도 있었지만, 신촌역 근처의 여남 공용 셰어 하우스에 1년 동안 지내며 곧 그 생각도 접게 되었다. 월세 31만 원으로 6명이 벙커 침대 3개로 방 한 칸을 셰어하는 곳임에도 방 크기가 성인 양팔 너비 기준으로 각 손끝이 벽에 닿을 정도로 협소했기 때문이었다. 주방이나 거실 같은 공간은 다른 방을 사용하는 사람들과 함께 공유했

는데, 그 숫자만 20~30여 명에 육박했다고 했다.

"어, 저도 셰어 하우스 산 적 있어요. 워홀 갔다가 한국 돌아와서."

"재밌었죠?"

"음…."

나와 상반된 경험을 한 사람 앞에서는 대충 한 음절로 화두를 마무리 짓는 것이 좋다. 그의 말에 내가 진저리를 치며 "다른 의미로 매우 값진 경험이었죠. 그때만큼 착실하고 계획적으로 자기 집 마련 플랜을 짰던 적이 없었으니까요"라고 대답했다면 분위기가 얼마나 어색해졌겠는가. 가뜩이나 오늘 처음 만난 사인데.

"전 그곳에서 무려 1년이나 지냈어요."

1년 만에 셰어 하우스를 떠나 청년 주택으로 이사를 나가던 날. 이삿짐 옮기는 것을 돕기 위해 지방에서 올라와 처음으로 딸이 지내는 공간을 보게 된 B의 엄마. B는 아직도 그때 보았던 엄마의 표정과 대사가 잊히지 않는다고 했다.

"…네가 왜 이런 데서 살아야 하냐?"

'네가 왜'에는 많은 의미가 집약적으로 담겨 있었다. 꾹꾹 눌러 담은 의미들. 네가 왜 그 좋은 학벌을 가지고. 네가 왜 그 나이 먹고도. 네가 왜 그 좋은 직장을 때려치우고….

"1인 가구가 되고 싶어도, 애당초 경제적 여건이 좋지 않은 사람들은 엄두를 내기가 힘든 실정인 것 같아요. 신혼부부 전세 대출을 끼고 서울 근교 아파트를 얻어 들어가는 지인들을 보면서 아, 이래서들 결혼하는구나 싶더라니까요? 결혼을 통한 정서적 안정 뭐 이런 걸 다 떠나서(설령 그것을 얻지 못한다 해도) 우선 사는 데 가장 중요한 문제인 주거 안정이 이뤄지니까…."

2019년 1월에는 청와대 국민 청원 게시판에 40대 비혼 여성이 올린 〈가족 형태 변화에 따른 주택 청약 제도의 합리적인 수정 요청〉이 화제가 되기도 했다. 자신을 '서울에 거주하고 있는 44세 독신 여성'이라고 밝힌 청원자는 어려운 집안 형편 때문에 20대부터 밤낮으로 학원 강사를 하며 열심히 돈을 모아 20여 년 만에 제집을 마련하고자 했으나 주택 청약을 여러 차례 신청하여도 매번 가점 총액에서 부족하여 떨어지는 상황을 맞닥뜨려야 했다고 호소했다. '부양가족 수에 따른 가점' 항목에서 언제나 최저점을 받는 것이 치명적인 걸림돌로 작용했던 것이다.

"평형 가운데 가장 작은 59제곱미터(25평) 이하 주택을 기준으로 청약 신청을 해왔습니다만, 조건에 맞는 지역 주택의 청약에 당첨되려면 적어도 청약 기간과 무주택 기간이 15년 이상 된 4명 이상 부양가족을 가진 40대 가장만 당첨되겠더군요. (…) 가족의 형태는 시대 변화에 따라 빠르게 바뀌고 있습니다. 전통적인 가족 형태를 기준으로 만들어진 청약 제도라면 반드시 수정되어야 할 것으로 보입니다."

위와 같은 현실적인 문제가 불거지는 이유는 정부의 임대 주택 공급안이 청년-신혼부부-유자녀 위주의 정부가 정한 '정상 가족' 기준으로 설계되었다는 데 있다.

20대 사회초년생 K는 얼마 전에 관련 주제로 이야기를 나누다가 "비자발적 캥거루족(독립하지 못하고 부모에게 물리적 경제적으로 의존하는 청년층)이 되었다"라며 비혼 청년층의 자가 마련에 대한 경제적 어려움을 호소했다.

"2020년 상반기 기준 서울시 원룸 평균 월세는 52만 원 정도인데, 여기에 관리비와 각종 공과금 그리고 생활비를 더하면 주거 관련 생활비만 거의 100만 원 돈이잖아? 게다가 사회초년생의 경우 학자금을 떠안고 시작하는 경우가 많은데, 한정된 월급으로 높은 월세를 부담하면서 '내 집 마련'의 꿈을 이루는 것은 거의 불가능에 가깝다고 느낄 수밖에. 지금 당장이라도 독립하고 싶은 마음이 간절하지만, 무시무시한 전셋값 때문에 비자발적 '캥거루족'이 될 수밖에 없는 상태지."

그렇다면 해외의 경우는 어떨까? 동아시아 지역에 비해 상대적으로 사회 복지 제도가 잘 갖춰져 있는 미국과 유럽은 1인 가구 증가 추세에 맞춰 발 빠르게 새로운 정책을 펼치고 있다. 미국의 경우 청년 1인 가구의 주거 안정을 목적으로 노후 건물을 리모델링하거나 신축해 저소득 1인 가구를 대상으로 임대 주택을 공급하는 1인실 거주Single Room Occupancy, SRO 프로그램, 가족과 청년을 위한 주거 지원Support Housing for Families and Young Adults, SHFYA 등을 운영하고 있다. 주거의 질을 위한 최저 가이드라인도 마련돼 있어(건축지 규모 등) 1인 가구Singlehood가 열악한 환경에서 주어지지 않은 최소한의 쾌적한 환경을 보장하며 국가에서 관리비와 임대료 주거비 등을 지원한다. 또한 청년층 소득 구간에 따라 임대료 할인이나 주거 바우처 등을 지원하고 있는 실정이다.

1인 가구 비율이 전체 가구 중 35퍼센트 이상을 차지하고 있는 프랑스의 경우, 수입이나 자산이 일정 규모 이하인 청년 1인 가구에 대해서는 주택 수당을 제공하고, 학생에게는 임대 보증금을 지원한다. 또한 국적과 상관없이 청년이 정부와 협약을 맺은 임대 아파트, 학교 기숙사나 민간 기숙사에 입주하게 될 경우 개인 주택 수당Aide Personnalisée au Logement, APL을 제공한다. APL을 받게 되면 그만큼 월세나 대출금이 줄게 되는 것이다.

반면 한국의 청년들은 국내 취업난과 실업 문제, 고용 불안, 낮은 임금 등으로 인해 사회·경제적 자립이 지연되는 가운데 치솟는 주거 비용(임대료) 등 주거비 부담도 함께 짊어져야 하는 상황에 놓여 있다. 청년 가구의 주거 불안정과 빈곤 문제가 장기화되고 있는 이유다. 앞서 B와 같은 청년 세대들이 닭장 셰어 하우스나 5.5평 원룸과 같은 열악한 주거 공간을 전전할 수밖에 없는 배경에는 이와 같은 사회적 장치들이 놓여 있다.

"매주 로또 사는 거 포기 못 하는 사람들 마음 이해한다니까."

셰어 하우스를 졸업하고 2년짜리 계약 집에 들어오던 날 친구와 나누었던 대화다. 비혼 1인 가구를 지향하는 친구와 나는 밤이 깊도록 전화를 붙들고 '각자도생'할 궁리를 한 것이다.

"결론적으로는 돈을 많이 벌어서 자가 마련하는 수밖에는 방법이 없는 거지? 회사 다닐 적에 대출 영끌해서 아파트나 하나 마련해놓을 걸…. ××…. 제러미 리프킨 ××…. 미래에는 집도 소유하는 게 의미 없다며 ××, ××…."

"야, 리프킨은 무슨 죈데…."

"유명한 경제학자라는 새끼가 지 책에 그렇게 써놨었 다니까! 진짜야!"

불안정한 주거지에 사는 비혼 청년 1인 가구원들은 "정부가 '1인 가구'를 일시적인 형태가 아닌 지속적인 삶의 형태로 바라보고 지원해야 한다"고 입을 모았다. 한 언론 매체와 인터뷰를 한 30대 여성은 "최근 역세권 청년 주택 '5평 논란'의 핵심은 당장 5평을 감당할 수 있 느냐보다는 그 이후를 상상할 수 있느냐는 것"이라며, "청년 1인 가구를 '결혼 전'의 일시적인 존재로 보는 한 1인 가구는 주거 정책에서 계속 소외될 것"이라고 인터 뷰를 하기도 했다. 주거 복지 로드맵에는 정부가 정한 '정상 가족' 울타리를 벗어난 이들은 보이지 않는다. 울 타리 밖 그들을 위한 주거 사다리는 없다. 끊긴 사다리

가장 밑바닥에는 여성 1인 비혼 가구가 있는 것이다.

"제가 닭장 셰어 하우스에 살 때, 《여자 둘이 살고 있습니다》라는 책을 읽었는데 문득 이런 생각이 들더라고요. '둘이 살아도 서로 동선이 겹치지 않을 만큼 널찍한 집에 살고 있기 때문에 서로 스트레스받지 않고 잘 살 수 있는 것이 아닐까?' 하는 생각이요. 비혼 메이트를 구해서 사는 것도 정말 좋겠지만, 이런 식으로 좁은 집(5~7평)을 구할 자금력밖에 안 된다면 각자의 프라이빗한 공간이 보장되지 않아서 서로 스트레스받고 싸울 일이 분명 생길 수밖에 없거든요. 그렇게 살 수만 있다면 얼마나 좋겠어요. 하지만 현실이 그렇게 모두에게 우호적이진 않죠. 특히나 경제적으로 말이에요. 저는 누가 봐도 '좋은' 학벌을 가지고 있지만, 원체 집안이 어렵다 보니 직장을 전전해도 억 단위의 돈을 모으기가 힘들었어요. 지원받은 게 없으니까요. 이렇다 보니 몸 하나 누일 공간만 전전하는 나를 보고, 과연 온전한 1인 가구라고 할 수 있느냐는 회의감이 들고는 해요. 그래서 1인 가구의 정의를 제게 물어보신다면, 경제적으로 완전히 자립하여 안정적인 주거 공간을 가진 독립된 가구라고 말씀드리고 싶네요. 제 목표이기도 하고요.”

아무래도 매주 살 때마다 확률이 원점으로 돌아가는 로또를 사는 것보다 유튜브 채널에 콘텐츠를 꾸준히 올리며 대박을 바라는 것밖에는 타계 책이 없는 것 같다며 B가 웃었다. 그는 이제 5년 뒤면 청년 주택에 살 수 있는 ‘청년’의 범위도 벗어나게 되는 상황이었다.

사실 비혼 여성 주거 관련 외침(주장)은 2007년부터 제기되어 왔던 내용이다. 최근 다시 회자되고 있는 내용과 똑같은 내용이 무려 13년 전에도 기사화됐던 것이다. 그들은 ‘우리는 결혼을 반대하는 것이 아니라, 비혼을 선택해도 차별받지 않을 권리를 말하는 것이다’라는 목소리는 꾸준히 내고 있고, 요새는 그 시절보다 더 많은 비혼 1인 가구가 늘어나는 추세이지만 정작 사회적 인식과 보장은 전혀 개선되고 있지 않다. 그러나 조금 희망적인 부분은 그때보다 더 많은 사람이 1인 가구 주거권에 대해 목소리를 내고 관심을 가지며 저마다의 비혼인들이 꾸리는 온오프라인 모임이 활성화되기 시작했다는 점이다. 비혼 여성을 위한 주거 정책 워크숍, 주거 및 사회적 관계 문제와 대안 강연회 등 함께 공동체를 꾸리려는 행보도 다각화되고 있다.

대한민국 사회에서 1인 가구로 온전히 살아남을 수 있는 환경을 조성하기 위해서는 아직 넘어야 할 산이 첩첩산중이다. 물론 돈으로 해결되는 문제이기도 하지만, 개인의 요행이나 운(금수저, 은수저 등)에 기대지 않고도 '비혼 1인 가구'를 누구나 쉽게 엄두낼 수 있는 환경을 만들어가는 것은 결국 우리가 크고 작게나마 지속해서 내고 있는 의견과 목소리가 아닐까 한다. 우리 세대뿐이 아니라 우리 다음 그리고 또 다다음 비혼 세대를 위해서 우리 비혼 지향 가구들은 영리하고 독하게 그리고 치열하게 자기만의 방을 쟁취하고 끊임없이 해당 안건을 수면 위로 끌어올려 소수의 안건이 아닌 사회적 안건으로 만들어가야 하는 것이다.

B와 만나고 집에 돌아온 늦은 밤. 유튜브에서 BS 공식 채널에 업로드된 '홍콩의 맥도날드 난민' 클립을 보게 되었다. 2018년을 기준점으로 홍콩 시내 12평 아파트의 분양가는 25억 원 선을 돌파했고, 이와 함께 덩달아 치솟은 전세 월세난에 거리로 몰려난 난민들이 24시간 운영하는 맥도날드로 모여들어 밤을 지새운다는 내용을 담은 르포르타주였다. 넘사급이 되어버린 집값 때문에 갈수록 작아지는 홍콩의 초소형 주택들과 그만큼 더 작아진 홍콩인들의 삶이 구겨진 종이컵처럼 영상 안에 빼곡히 쌓여 있었다.

"동양의 젊은 애들은 왜 그렇게 열심히 살아?"

체코에서 만났던 스위스인 친구의 물음이 다시금 오버랩돼 떠올랐다.

24시간 불이 켜진 카페, 독서실, 스터디 카페, 도서관…. 그 안에서 화초처럼 파리하게 변한 낯빛으로 키보드를 두드리는 사람들.

××, 우리라고 그렇게 치열하게 싶어서 그러는 줄 알

아? 네가 여기 와서 밑천 없고 배경 없는 2030대로 한번

살아보던가. 겪어보지 않았으면 입도 뗄 생각 말아.

법 밖의 새로운 가족, 생활동반자

최근 한 유튜브 콘텐츠에서 '치매에 걸린 1인 노인 가구' 이야기가 다뤄지며 60만 회에 가까운 폭발적인 조회 수를 기록한 적이 있었다. 클립에서는 어느 날 갑자기 쇼크가 오는 바람에 응급실에 실려 갔던 박 노인의 일화가 다뤄졌다. 일각을 다투는 위중한 상태였지만 법적 보호자와 연락이 닿지 않아 까딱하면 제때 수술을 받지 못할 뻔했다는 내용이었다. 다행히 보건소 직원이 대리인 자격으로 필수 서류에 서명을 대신해 수술이 정상 진행될 수 있었고, 박 노인은 가까스로

위기를 넘겼다. 해당 클립을 보고 간호사 지인인 D에게 정말 위와 같은 일이 발생하느냐고 물었다. 안 그래도 마침 그는 몇 달 전 요양 병원으로 이직을 한 상태였다.

"(유튜브 클립과 같은 내용이) 발생하다 뿐이겠어요? 너무 잦아서 문제지…."

D는 요양 병원에서 일하면서 가장 곤란할 때가 '보호자가 없다'라고 밝히는 초진 환자들을 담당할 때라고 말했다.

"(요양 병원 입원을 희망하는) 초진 환자가 상담을 오면 간호 정보 조사를 의무적으로 해야 하거든요. 이때 환자분들의 보호자 연락처를 기입하는 란이 있어요. 문제는 '나는 보호자가 없다'라고 답하는 분들이에요."

"'보호자가 없다'라고 하시는 분들은 보호자 연락처 칸을 비워놓으면 되는 거 아닌가요?"

"물론 그렇긴 해요. 연락처 칸이야 비워놓고 서명이 필요한 동의서 등에는 환자 본인이 직접 사인을 하면 되니까요. 문제는 초진 환자가 명료한 의식이 없는 상태에서 병원에 실려 오는 경우죠.”

환자가 의사 판단을 내릴 수 없는 상태의 대표적인 예가 홀로 지내다가 갑자기 뇌졸중 등으로 쓰러져 119를 타고 실려 오는 경우라고 했다. 상태에 따라 응급 수술이 필요한 경우임에도 입원 절차나 수술 동의서 등에 각종 사인을 할 수 있는 보호자가 없는 경우에는 병원 측에서 아무런 조처를 할 수 없기 때문이었다. 이런 경우 요양 병원 입원계에서는 주민 센터 측에 연락을 넣어 사돈의 팔촌까지 직계로 연결된 사람들의 연락처를 받아내어 연락을 취한다. 하지만 이렇게 어렵사리 직계 가족과 연락이 닿는다 하더라도 먼 친척의 경우 평생 얼굴 한 번 제대로 본 적 없는 사이인 경우가 대부분이라 수술 과 입원 치료에 필요한 절차상의 도움을 지속해서 기대할 수 없다고 했다.

병원에서 보호자의 서명을 요구하는 서류는 생각보다 꽤 많다. 작게는 독감 예방 접종 기간의 예방 접종 예진표부터 시작해 입원 수속 시에도 서명이 필요하고, 치료가 들어간 후에도 의료 보험 적용이 안 되는 항목들(약제나 의료소모품)을 환자에게 처방하거나 사용해야 할 때도 매번 비급여 항목 동의서에 사인을 받아야 한다. 그뿐만 아니라 MRI 촬영 동의서, CT 촬영 동의서, 수면 내시경 동의서, 수술 동의서, 수혈 동의서 등등 보호자의 서명이 필요한 곳은 너무나도 많다.

"하다못해 영양제 주사를 하나 맞고 싶어도 보호자 동의를 받아야 한다니까요."

영양제도 치료 목적으로 투여하는 것이 아니면 거의 비급여이기 때문이다. 이러한 연유로 환자가 판단 능력이 없는 심신 상실 상태(ex. 의식불명, 의사무능력, 금치산자 등)일 경우 보호자가 없으면 병원 측에서 퇴원을 종용하는 경우가 대부분이라고 한다. 필수 서류에 서명해줄 사람이 없어 제대로 된 치료를 받을 기회조차 박탈당한 채 집으로 돌아가야 하는 것이다.

"뭔가 노인 1인 가구의 말로가 너무 비참한 거 같은데."

"제가 현장에서 직접 본 결과를 토대로 말씀드리자면… 돈 많은 독거 노인이 돈 없는 기혼 유자녀 환자보다 훨씬 좋아 보이던데요? 이런 고급 요양 병원에 오는 분들은 다 돈 있는 분들이거든요. 그런데도 벌써 예약이 줄줄이 밀려 있어요."

현재 D가 근무하는 병원은 병실 환경이나 부대 시설 등이 쾌적한 만큼 6인실 기준 한 달에 200만 원, 2인 실은 500만 원, 1인 실은 1,000만 원대를 호가하기 때문에 그만한 여력이 없는 노령 인구는 가족이 있어도 돈이 없어 못 오는 실정이라고 했다.

"기혼, 미혼, 비혼을 다 떠나서 결국은 돈이 문제인 거예요."

홀로 입원하는 사람이라고 해도 미리 보험을 잘 들어 놨거나 비축한 재산이 많을 경우 보호자 없이도 원활한 치료가 가능하다고 했다. 본인이 직접 모든 동의서에 다 서명을 하고 개인 간병인(하루에 8~15만 원)을 고용하면 되기 때문이다.

"긴 병 앞에 효자 없다고, 돈 많은 고령의 환자분들은 오히려 간병인 쓰는 게 본인 마음이 더 편해서 좋다 하세요."

"그럼 독거 가구가 아니어도 가족들 동반 없이 홀로 오시는 분들도 많다는 얘기네요?"

"그렇죠. 아니면 처음에는 가족들이 오가다가 점점 발길이 끊어지니 그제야 간병인 구하시는 분들도 계시고요. 보면, 적정한 임금을 받고 돌봄 노동을 하는 간병인들이 자식들보다 훨씬 환자를 친절하게 지극정성으로 보살펴요. 환자들도 가족들 눈치 보느라 스트레스받을 필요도 없구요."

그래서 세간에 '나이 들면 돈이 효도하지 자식이 효도하냐'는 말이 나온 모양이었다.

"자식 서넛 있어도 1년에 면회 1번 안 오는 경우도 수두룩해요. 매번 자식들 안부 묻는 간호사들이 민망할 지경이라니까요."

애먼 간호사들을 붙잡고 "우리 아들 누구는 공부를

잘해서 좋은 대학 나오고 어떤 좋은 회사에 취직했고, 우리 딸은 영어를 잘하는 바람에 출세해서 미국에 살고 있다”며 매번 자식 자랑을 하는 환자들이지만 그런 ‘잘난’ 자식들이 병원에 얼굴 한번 비추는 것은 고사하고 전화 한 통 하지 않는 것이 이미 예삿일이다. 심지어 어떤 환자들끼리는 서로 자식 자랑을 하다가 몸싸움으로까지 번질 때도 있단다.

“노환이 오고 병이 들면 그때부터는 남편 자식 다 필요 없고 결국 돈과의 전쟁이 시작되는 것 같더라고요.”

요양 병원에서 여생을 보내는 이들은 꽤 좋은 말년을 보내는 편에 속하는 것이라고 했다. 언제나 그렇듯, 가진 것 없는 이들이 명까지 길어질 때 잡음이 발생하는 것이었다. 돈이 없어 치료도 못 받고, 자식들도 다 뿔뿔이 흩어지고, 그렇다고 딱히 갈 곳도 없는 그런 막막한 상황이 연출되기 때문이다.

“저는 요양 병원에서 일하면서 제 노후를 어떻게 대비해야 할지 정말 구체적으로 계획하게 되었어요. 우선

크기에 상관없이 내 명의로 된 온전한 집을 마련해야 하고, 개인 연금과 보험도 잘 들어놓아야 해요. 또 은퇴를 하고 나서도 적은 금액이라 할지라도 꼬박 들어올 수 있는 수입원을 마련해놓는 거예요."

현재 망원동에 거주하고 있는 웹툰 작가 L은 마음이 잘 맞는 친구와 함께, 말 그대로 '여자 둘이 함께 살고' 있다. 하우스 메이트가 '인싸'인 덕에 친구의 친구들을 집으로 초대하며 어울릴 기회가 많았는데, 그러다 보니 자연스럽게 시간 제약이 상대적으로 덜한 비혼주의자들끼리 자주 뭉치게 되었고, 어느새 그 둘의 집은 '비비클럽: 망원 게스트 하우스'로 불리고 있다고 했다. 철새처럼 드나든 친구들의 입장 자격 제한은 딱히 정한 적 없지만, 자연스럽게 30대 전후의 여성들로 구성되어 있다고 했다.

"(비혼주의자들끼리) 서로 어울리고 돕다 보면 또 그게 어느 순간 또 제가 타인의 존재가 필요할 때 돌아오는 것 같더라고요."

나중에 나이가 들어 누군가 곁에서 도움을 줄 때가 오면 어떻게 대처할 것 같냐는 물음에 대한 L의 대답이었다. 그는 특히나 이런 생각에 대한 확고한 믿음이 있어 보였는데, 그것은 그의 개인적인 경험에서 비롯된 것이기도 했다

　　"가까웠던 친구가 투병 생활을 한 적이 있는데, 그때 3년 남짓 곁에서 간호하며 깨달은 바가 있어요. 환자에게 중요한 것은 혈연으로 맺어진 가족의 유무가 아니라 현실적으로 곁에 머물며 돌봐줄 수 있는 사람이 있냐 없냐라는 것을요."

　　비슷한 경험은 가족 관계 내에서도 일어났다. 3년 전 어머니가 아플 때 정작 아버지보다는 교우 관계가 돈독했던 친구들이 수시로 어머니를 방문하며 재활을 돕는 장면을 목격하게 되었다.

　　"그때 만약 어머니가 결혼 후에 활발하게 외부 활동에 참여하지 않았으면 어땠을까라는 생각을 해보게 된 거죠."

현행 민법 제779조는 가족을 배우자, 직계 혈족, 형제 자매로 규정하고 있어 오랜 기간 동거를 함께한 사이라 할지라도 서로의 법정 대리인으로 인정받을 수 없다. 신혼부부가 아닌 이상 친구와 함께 공공 주택에 입주하거나 전세 자금을 대출받을 방법 역시 없다. 공동 명의는 말도 안 되는 일. 주변에서는 비혼 지향 친구와 함께 집을 마련하고 싶어 하면서도 한편으로는, "만약 나중에 서로 싸워서 갈라서고 싶을 땐 어찌하나 싶어서" 주저하게 되는 경우도 있었다. 동거인과 헤어질 때 재산 분배 절차나 기준이 모호해 위험 감수를 해야 하는 부분이 있기 때문이다.

　　생활보호자법 도입이 시급한 이유는 더 있다. 함께 거주하는 친구나 지인이 법적 보호자로 지정되게 되면 위급한 상황이나 기타 보호자의 서명이나 동의가 필요한 상황에 구태여 '남'이 아닌 가까운 이의 실질적인 도움을 받을 수 있게 되기 때문이다. D의 말마따나 미리 개인적으로 준비–연금, 보험 등–를 해놓는 것도 물론 중요하지만, 1인 가구에게 가장 절실한 것은 '입원했는데 단한 번도 얼굴 비춘 적이 없는 자식 서너 명'이 아니라 함께 시간을 보내며 이해와 감정을 나눈 사람들이 법적 보호자가 될 수 있는 자격을 얻는 일이다. 같이 사는 사람을 국민건강보험 피부양자로 등록도 할 수 있고, 생명보험 수령인으로 설정도 가능해진다. 본인 사후에 아예 일면식도 없는 먼 친척에게 재산이 가는 일이나 사회나 국가가 재산을 환수하는 일을 미연에 방지할 수 있게 되는 것이다.

'생활동반자법'이 통과되면 혈연과 혼인 관계를 뛰어넘어 함께 사는 사람이 동반자로 지정될 수 있게 된다. 몇몇 선진국에선 이미 생활동반자법을 시행 중이다(프랑스, 독일, 일본 등). 연인 관계가 아니더라도, 같은 비혼 취지를 가진 2명의 성인이라면 계약을 통해 서로의 법적인 가족이 될 수 있다.

인터뷰에 응했던 간호사 D 역시 나중에 지인들과 함께 커뮤니티를 꾸릴 꿈을 꾸고 있었다.

"혼자 살겠다는 다른 동료들이랑 매번 하는 말이 있어요. 같이 돈 모아서 거주지를 구한 다음에 노환이 오면 돌아가면서 서로 진통제 놔주며 오순도순 살다 죽자고요. 요양 병원에서 일해본 지인들은 그런 얘기에 더 공감하는 편이에요. 뇌경색, 뇌출혈, 뇌졸중이 오면 의식 수준이 떨어지는 데다가 신체 마비가 올 가능성도 크고 그때부터 평생 재활 치료를 받으면서 병원 침상에 누워 대소변을 보며 지내야 하는데, 말마따나 숨만 붙어 있는 상태로 생을 연명하게 되는 거거든요. 만약 제가 뇌혈관 질병 진단을 받거나 암 진단을 받는다면 저는 바로 사전 명 의료 의향서, 심폐 소생 거부 동의서Do Not Resuscitate, DNR를 스스로 작성하고 재산을 정리할 거예요."

다른 이들에게
돌아갈 문

30대 초반에 스타트업 공동 창업자 자리를 사임하며 휴식기를 가졌던 J 언니는 그때야말로 진정한 의미의 '독립'을 이룬 시기였다고 회상했다. 언니가 처음으로 미타임Me Time, 영미권 국가에서 쓰이는 표현으로 혼자만의 시간, 혼자서 보내거나 즐기는 시간을 뜻한다을 가질 수 있었기 때문이다.

그는 지하에 있는 헬스장에서 매일 정해진 시간에 운동하고, 자전거를 타고 여의도 공원을 돌고, 집에 돌아오는 길에는 집 근처 대형 브랜드 마트에서 신선한 식자재를 구입해 삼시 세끼 자신만을 위한 건강한 요리를 만들고, 그림을 그리고, 책을 읽고, 명상하며 혼자서 하루하루를 채워갔다. 그 시간을 통해 그동안 집안의 장녀이자 회사의 간부로서 기대 역할을 충실히 수행하느라 정작 자기 자신을 제대로 돌보지 못했음을 깨닫게 되었다고 했다. 이대로 혼자 쭉 살게 될지 마음이 잘 맞는 라이프 러닝메이트를 만나 함께 살지 아직 어느 쪽으로 100퍼센트 장담할 수는 없지만, 그럼에도 한 가지 확실하게 깨달은 것은 혼자 지내는 순간은 짝을 만나기 전까지의 [임시적]인 유예 기간이 아니라 이 또한 하루하루 풍족하게 채워가야 하는 온전한 삶의 국면 중 하나라는 사실이라고 했다. 그는 이때 느꼈던 자신을 돌보는 법에 대한 팁을 더 많은 사람과 공유하고자 미타임과 관련된 큐레이션 콘텐츠를 제작하는 중이라고 전했다. 오히려 혼자된 시간을 통해 세상과 소통할 자신만의 도구를 발견한 셈이다.

2020년 5월, KT&G 상상 마당에서 개최한 〈나 혼자 산다〉 전에 참여했던 이연옥 작가에게서도 비슷한 얘기를 들을 수 있었다.

"자기 자신의 존재감을 충만하게 채울 방법은 크게 2가지라고 생각해요. 첫째는 순간순간 밀려오는 감정의 경계에 휩쓸리지 않고 한 발짝 떨어져 바라볼 수 있는 관조적 시각 가지기. 둘째는 유연한 마음가짐으로 세상과 끊임없이 소통하기."

당시 전시 팸플릿에는 '세상과 끊임없는 소통'에 대한 작가의 철학이 잘 드러나 있었다. 1인 창작자이기에 대부분의 시간을 혼자서 작업하지만, 절대적 작업 시간과 별개로 결과물이 도출될 때까지 많은 사람의 직간접적인 도움과 영향을 받는다고 말한 부분에서였다.

"불특정 다수가 오가는 공간에서 자그마치 5년이라는 세월 동안 마치 식물처럼 가만히 자리를 지키다 보면, 정말 생각지도 않은 만남이 종종 해프닝처럼 벌어지거든요."

이 작가는 영국에서 귀국 후 카페를 열었는데(현재는

작업 스튜디오로만 쓰이고 있다), 시간이 지날수록 처음에 미처 예상치 못했던 것들에서 돈보다 더 큰 의미를 발견하게 되었다고 회고했다. 바로 사람들과의 관계였다. 모든 것은 우연의 이름표를 단 스침으로 시작됐다. 근처에서 꽃 가게를 운영하는 사장님이 들러 장사 후에 남은 꽃을 선물하기도 하고, 또 자기가 좋아하던 책의 감리를 맡았던 편집자가 방문하기도 하고, 또 매장에 와서 커피를 마시며 음악을 듣던 손님이 "이런 노래도 좋아하실 것 같다"라며 취향에 딱 맞는 음반을 추천해주기도 하는 등의 소소하고 의미 있는 호의들이 추억처럼 하나둘 쌓여갔다. 이번에 KT&G 인디 레이블 전시에 참여하게 된 것도 전에 카페를 방문했던 손님 중에 전시 기획 관계자가 있었기 때문이라고 했다. 카페 안에 진열된 작가의 작품을 보고 정기 워크숍을 제안했다가 이번 〈나 혼자 산다〉 전시까지 인연이 이어지게 된 것이다. 그가 카페 운영을 할 때, '출근할 때는 혼자이지만, 막상 퇴근할 때는 혼자인 기분이 들지 않는다'는 이유를 알 것도 같았다.

　카페이자 개인 작업실을 방문하는 이들의 가벼운 피드백도 도움이 되는 것은 마찬가지였다. 미술관에서 일할 때와 달리 독립 프리랜서가 되고 나서는 창작물에 대한 피드백을 받을 수 있는 직접적인 기회가 줄어들었는데, 카페를 오픈하고 나서 작품을 진열해놓기 시작하자 현장에서 방문객들의 즉각적인 피드백을 보고 들을 수 있게 되어 작업에 도움이 된다고 했다. 어떤 스타일의 작품이 유독 손님들의 시선을 많이 끄는지, 또 어떤 폰트나 스타일에 사람들이 반응하는지 등을 바로바로 확인할 수 있기 때문이다. 더불어 방문객들의 긍정적인 피드백과 에너지는 다음 창작 활동의 원동력이 되어주기도 했다. 그래서 이연옥 작가는 1인 창작자이지만 그 창작 '과정'에 참여하는 불특정 다수가 존재한다고 이야기한 것이다. 어쩌면 그의 작업 공간은 타인들과 공감과 소통으로 이어지는 교집합이었을지도 모른다.

　"사람들이 필요에 의해서만 나를 찾는구나, 자기가

아쉬울 때만 나를 찾는구나, 라는 생각에서 벗어나 내가 먼저 다가가 손을 내밀기 시작한 거죠."

가수이자 아티스트로 활동하고 있는 솔비가 사회 공헌 활동에 지속적인 접점을 찾는 이유도 혼자만의 공간에서 세상에 돌아갈 문을 찾는 과정이었다. 여자 연예인이기에 더욱 노골적으로 직면해야 했던 여러 가지 불편하고 힘든 상황과 그로 인해 야기된 상처 때문에 혼자 남겨진 고독감에 사무쳤을 때 시작한 미술과 봉사 활동이 자신에게 세상에 대한 긍정적인 시각을 회복시켜줬기 때문이다.

"다른 사람에게 사랑과 관심을 주는 행위는 그 자체로 긍정의 에너지를 증폭시키는 힘이 있는 것 같아요. 〈뮤직뱅크〉라는 방송을 통해서 〈Red〉라는 작품의 탄생 과정을 시연한 것도 제가 가지고 있는 트라우마를 과감하게 먼저 대중에 오픈해서, 저와 비슷한 결의 상처를 가지고 있는 사람들이 혼자가 아니라는 생각이 들게 해주고 싶어서였거든요. 이런 공유와 연대의 과정 자체가 창작자와 수용자 모두를 소외감에서 벗어날 수 있게 해 주리라 생각한 거죠.”

각기 다른 비혼 지향 아티스트들의 이야기를 들으며, 어쩌면 인간이 고독감을 가장 크게 느끼게 되는 순간은 단순히 물리적으로 혼자 있을 때가 아니라 세상과 교집합 및 접점을 찾을 수 없는 순간일지도 모른다는 생각이 들었다. 인간의 고독이란 그 사람이 '누구와 함께 있느냐'가 아니라 '무슨 일을 하고 있는가'에 가장 큰 영향을 받는 것이 아닐까? 스스로 행동하고 창조하는 행위에 중심을 두는 것. 세상으로부터 사랑을 받고 싶다는 수동적 입장을 벗어나 자신의 행위를 통해 산출된 결과물로 세상에 사랑을 보태고 싶다는 능동적 입장이 되는 것. 이 부분에서 문득 떠오른 것은 칼 마르크스Karl Marx의 인간론이었다.

'인간은 행동을 통해서 무엇인가를 만들어내고 그 창조물이 그것을 만든 사람이 누구인지를 규정한다. 생산 관계 속에서 만들어내는 것을 매개로 인간은 자신의 본

질을 알아차린다.[7]

1인 창작가이자 아티스트들이 혼자만의 긴 여정 속에서도 고독감과 외로움에 뒤처지지 않는 보물 같은 이유를 발견한 기분이었다. 사람들과의 물리적 거리를 좁히기 위해 노력하기보다 감정적 거리를 좁히기 위해 노력할 것. 나라는 인격체의 매력을 통해서가 아니라 내가 만들어낸 창조물을 통해서 세상과의 교집합과 접점을 만들어낼 것. 거기서부터 다시 시작해, 더 큰 파문을 그려내고 또 그려낼 것.

호시절
好時節

수영을 마치고 집으로 돌아가는 길.
두유에 빨대를 꽂아서 한 손에는 수영 가방, 다른 손에
는 우산과 두유를 들고 숲 옆으로 난 오솔길을 걸었다.
늦여름의 오후는 곧 무언가 시작될 것 같은 촉촉한 분
위기로 가득 차 있었다. 빗속에서 강아지 한 마리가 자
전거 탄 아저씨 뒤를 쫓아 내리막길로 종종걸음을 쳤다.
아저씨는 중간중간 멈춰서 휘파람을 불며 강아지가 잘
뒤따라오고 있는지 확인하곤 했다.

때마침 들려오는 산사의 목탁 소리. 그리고 물안개처

럼 뭉게뭉게 피어오르는 과거의 잔상. 부연 가스등처럼 깜빡이는 기억 속에는 7살 난 여자아이가 서 있었다. 비가 내리는 날이면 2층 발코니에서 정원을 기웃거리던 모습 그대로였다. 따뜻했던 시절이었다. 터울 많은 사촌 언니들 사이에서 막내처럼 자란 아이는 어느덧 성인이 되었다. 그사이 정말 많은 것이 변했다. 서로 함께 머리를 맞대고 뜨거운 국을 후후 불어가며 밥숟갈을 뜨던 가족들은 파편으로 세월 속에 뿔뿔이 흩어졌다. 서로 참 멀리도 갔구나. 지나가는 바람에 나는 가만 고개를 주억거릴 뿐이다. 이 계절이 몇 번이나 돌고 또 돌았을까? 다시 여름이, 우거진 8월이 왔다. 늘 그렇듯 비에 젖은 흙내음을 몰고서. 푸른 녹음 위로 하얀 실 빗금을 긋는 계절이 내게 묻는다. 너의 이번 여름은 어떻게 흘러가고 있니? 지난여름으로부터의 안부 인사다.

　너는 잘 지내니? 너무 슬퍼하고 우울해하며 좋은 시절을 하릴없이 흘려보내지 말렴. 호시절. 좋은 시간이란다. 너의 젊음을 축복한다. 무르익어가는 계절을 살아라.

현재를 살고, 후회는 조금만. 기대도 덜. 다만 현재의 감각은 최대한 오래, 오래 음미하렴. 적게 두려워하고 더 자주 도전하는 삶을 이어가렴. 새들은 날개가 젖는 것을 두려워하지 않고 빗속에서도 훨훨 날갯짓한단다.

가끔은 안정감이 그리워질 수도 있겠지. 하지만 잊지 말렴. 너는 '푸른 도화선 속으로 꽃을 몰아가는 힘'과 같은 자극이 언제고나 필요한 인간이란다. 너는 아이를 낳고 양육하는 것보다 육지에서 가장 동떨어진 곳에 위치한 암초와 난파선을 찾으러 떠나는 리브어보드 Liveaboard 트립에 참여하는 게 더 체질에 맞는 인간이야. 세상의 온갖 것을 다 경험해보고 싶어서 하는 성격이라는 것도, 종종 충동적으로 행동할 거라는 것도, 비가 오는 날은 여행이 취소되는 날이 아니라 수영하기에 완벽한 날씨라고 생각하는 인간이라는 것을, 두 발로 선 토끼가 "바쁘다, 바빠"라고 중얼거리며 회중시계를 들고 뛰어가는 장면을 보면 단 1초의 망설임도 없이 곧장 토끼 뒤꽁무니를 쫓아갈 그런 대책 없는 인간이라는 사실도 잊지 말기를.

　무엇보다 자유로운 네 모습이 내게 가장 매력적이라는 것을, 부디 오래오래 잊지 말고 기억해주기를.

이렇게 이상하고
슬픈 나라에서
어쩌다 사랑에 빠졌다고
결혼하지 말자

이 책의 원고가 몇 달째 지난한 정체기를 거치고 있던 겨울의 끝자락. 봄의 새순을 틔어내기 전의 나목이나 실컷 보자며 기분 전환 겸 들렀던 카페에서 우연히 고은강 시인의 시 〈고양이의 노래5〉를 읽게 되었다. 책장 한편에 비스듬히 꽂혀 있던 인디고 색 표지. 그 겉면에는 연두색 폰트로 〈너의 아름다움이 온통 글이 될까 봐〉(문학동네)라고 적혀 있었다. 서정적 사랑 시를 기대하며 펼쳤던 종이 사이에서 나는 아이러니하게도 한동안 내 속에서 언어적 형태로 맺혀지지 못했던 구절을 발견했다. 그건 마치 꿈결 속에 흥얼거리던 멜로디가 그대로 옮겨 적혀 있는 악보를 받아든 기분과도 같았다.

이렇게 이상하고 슬픈 나라에서 어쩌다 사랑에 빠졌다고 결혼하지 말자.

우리는 모두 어쩌다 사랑에 빠질 수 있는 그런 나약하고 연약한 존재들이다. 언젠가 전에 낸 에세이 《연애하지 않을 권리》와 관련된 질문을 받던 중에 한 독자가 지금도 그 책을 쓸 때 가졌던 모든 생각에 한 치의 변화도 없냐고 물었던 적이 있었다. 나는 잠시 고민하다가, '아니다'라고 솔직히 대답했다. 그때 당시 워드 80페이지에 걸쳐서 촘촘하게 써 내려간 모든 문장과 의견에 오늘날의 내가 모두 동의한다는 것은 거짓말이 될 터였다. 개중에 나의 의견이 바뀐 부분도 당연히 있다. 사람의 생각이란 한 곳에 고여 있는 것이 아니라 흘러가는, 어찌보면 동적이면서도 관념적인 존재이니까. 나를 탓할 것은 없다. 당신의 사랑도 시간에 흐름에 따라 변하지 않았던가? 저번 학기 내내 진득히 붙어다녔던 친구도 다음 학기에 서먹해지고 나서 "언니, 그건 지난 학기 얘기잖아요"라는 회고에 젖는 세상이 아니던가.

그럼에도 불구하고 절대적으로 변하지 않는 중심 관념이라는 것이 있기 마련이다. 그것이 바로 비혼과 비출산이다. 무언가를 사랑하게 될 수도 있다. 우리가 아무리 주의를 기울여도 감기에 걸리거나 넘어질 수 있듯이 말이다.

그러나 고은강 시인은 말한다. 그러나 그렇다고 해서 쉽게 결혼하지는 말자. 그렇다고 해서 무턱대고 아이는 가지지 말자. 이 슬픈 나라에서 아이들은 무럭무럭 시들어가지 않던가.

너무 차갑거나 너무 뜨겁거나 너무 게으르거나 너무 빠른, 이렇게 안락하고 캄캄한 세계에서 우리는 (…) 충분히 썩었고 이미 충분히 훼손됐다.

그렇게 된 것은 우리만으로도 충분하다. 그러므로 우리 모두 결혼과 출산을 가능한 한 유예하자. 불행의 냄새를 모르는 자, 가난과 외로움의 냄새를 맡아본 적 없는 자, 단 한 번도 진지하게 죽음에 대해 묵상해보지 않은 이들만 유예를 중단토록 하자. 불합리와 불평등에 속이 새까맣게 타들어가본 경험이 없는 자, 슬픔의 마취제를 찾아다니지 않았던 그런 자들만이 가담하도록 하자. 그러한 자들이 이 세상에, 대한민국 땅에 존재한다면 말이다. 세상에 생명을 얻고 태어나 상처받지 않은 자가 있다면 그리하여도 좋다. 정신과 영혼에 피멍이 들고 멍울이 잡혀보지 않았다면.

우리는 모두 충분히 썩었고 이미 충분히 훼손됐다. 이 지구마저 넘쳐나는 생명으로 인해 충분히 썩었고 이미 충분히 훼손되었다. 무의미한 제2세대 생산을 멈춰야 할 이유는 이것 하나만으로도 충분하지 않을까? 본문에서는 조금 더 현실적인 비혼의 환경과 그 삶에 관해 이야기했지만, 무엇보다 그 모든 사실 관계와 그로 인해 파

생된 감정들을 아우르는, 한 문장으로 정리해줄 에필로그가 필요했다. 그리고 나는 그 관념적이고도 지독히 현실적인 구절을 우연히 들른 한 카페의 찬장에서 집어 들게 되었다는 이야기를 하며 에필로그를 맺어본다.

그러니 우리 어쩌다 사랑에 빠졌다고, 나이 때문에, 다수의 일이라고, 잠시 외로움을 느낀다고, 가난하다고, 아이를 원한다는 이유만으로 결혼하지 말자. 이렇게 이상하고 슬픈 나라에서, 당신의 아름다움이 온통 슬픔이되어 흘러내릴까 봐.

모든 어법은 패권을 다투는 투쟁이기 때문이다.

따라서 한번 어떤 어법이 패권을 손에 넣으면

그것은 사회생활의 전역으로 퍼지고 징후가 없는 '편견doxa'가 된다.

정치가나 관료가 말하는 비정치적인 언어,

신문이나 텔레비전, 라디오가 떠는 언어, 일상의 수다,

그것이 패권을 장악한 어법이다.

_롤랑 바르트Roland Barthes 의 《텍스트의 즐거움》 중에서

언어의 프레임이
곧 권력이 된다

차별적 의미가 담긴
단어들

- 왜 소설가나 시인의 첫 작품에 '처녀작(作)'이라는 표현을 쓸까?

- 왜 '미혼모(母)'라는 말은 있는데, '미혼부(父)'라는 말은 없을까?

- 왜 신부가 결혼식 입장 시 걷는 길을 버진로드(처녀의 길)이라고 부를까?

- 경기 중 상대편 선수에게 매너 좋게 행동하는 등의 행위에 붙는 표현은 왜 '스포츠맨쉽 Sportmanship' 일까?

- 왜 여자 교사는 그냥 교사가 아닌 여(女)교사로 불리우며 여자 경찰은 그냥 경찰이 아닌 여(女)경, 여자 의사는 그냥 의사가 아닌 여(女)의사, 여자 시인은 그냥 시인이 아닌 여류(女流)시인으로 불리울까?

‣ 혹시 사회생활하다 누군가 "요새 우리 집 남편 네가 말이야…"라고 운을 띄우는 것을 들어본 적이 있는가? 그렇다면 그 반대의 예, "요새 우 리 집 여편네가 말이야…"는?

‣ '부엌데기'라는 말을 들었을 때 떠오르는 성별 은 남자인가, 여자인가?

언어 문법에서 여성형 명사, 남성형 명사, (경우에 따라) 중성형 명사가 구분돼 있고 그에 따라 문장 구성이 바뀌는 경우가 있다. 이 경우 사용되는 성[14]은 문법적 인 성, 즉 'Gender'다. 대표적인 것이 프랑스어인데, 프랑스어의 모든 명사는 남성(ex. chat-고양이) 또는 여성(ex. maison-집)으로 나뉜다. 이때 명사의 성은 생물학적 성이 아닌 문자적인 언어의 구분)을 따른다. 그렇다면 '처녀 작[15]'은 문법적인 성Gender을 반영한 표현일까, 아니면 생 물학적 성Sex을 반영한 표현일까? 인간은 사회화를 거치 며 어떠한 언어를 어떤 방식으로 습득하느냐에 따라 해당 문화권의 사회, 정치, 경제 체제 및 관련 이데올로기를 학습한다. 언어와 사회화는 불가분의 관계에 있다고 보는 언어 사회학자들이 대다수이며, 이러한 연유로 언어는 필연적으로 권력의 문제를 내포할 수밖에 없다고 주장한다. 특정 단어와 표현에 사회 및 경제적 지위가 내포돼 있는 것도 이와 같은 언어의 특성 때문이다.

사실 성별어에만 차별적인 의미를 가지고 있는 것은 아니다. 계층어 또한 차별을 공공연하게 반영한다. 예를 들어 당신이 영국민일 경우 다음과 같은 상황에 어떤 단어를 즉각적으로 사용하는지에 따라 제3자에게 공공연히 그의 배경을 추측당할 수 있다는 이야기다. 미국 영어에도 미국흑인영어 BE Black English, AAE African American English를 지칭하는 말이 따로 있으며, 한 대학교의 영미 문화 관련 교양 수업에서는 'TV나 라디오 인터뷰에 나오는 2~3가지 종류가 다른 직업을 가진 사람들의 대화를 기록해보고 이 말을 서로 비교해보시오'라는 과제가 주어지기도 한다. 이와 같은 계층어뿐 아니라 특정 종족이 사용하는 종족어도 차별어의 범주에 들어가기도 한다. 대표적인 예로 같은 국경 안에 포함되어 있지만 다른 종족어를 쓰는 민족을 탄압하는 중화민국을 떠올릴 수 있다. 이처럼 언어는 개인과 집단(국가 또는 문화권)이 맺는 관계 양상을 단편적으로 보여주는 도구로 작용하기도 한다. 물론 그 차이를 나누는 것은 특정 관념이나 개념에 대해 정의를 내릴 수 있는 기득권 세력이다.

"히스테리 좀 부리지 마"라는
말 속에 담긴 의미

Q. 히스테리 좀 부리지 마.

아마 발화자의 성별은 불명확하고 두루뭉술하게 중립적으로 그려질지 몰라도 대화 수신자의 성별은 비교적 명확히 그려질 것이다. 이제 당신의 대답을 말해보라.

위의 대사를 들은 사람의 성별은 남자인가, 아니면 여자인가?

이 글을 쓰고 있는 나는 반사적으로 여성을 떠올렸다. 아마 여러분도 비슷한 대답이 나왔으리라 생각된다. 예측하건대, 히스테리와 덧붙여 떠오른 표현은 아마 '노처녀'가 아니었을까? 주변에 사회적 결혼적령기를 넘긴 지인이나 혈족이 없다 할지라도 미디어나 기타 콘텐츠를 통해 접해본 경험이 있기 때문일 것이다.

그런데 어쩌다가 히스테리라는 말이 여성성을 상징하게 되었을까? 아마 이미 많은 사람들이 답을 알고 있을 테지만, 이 말은 그리스어에서 자궁을 가리키는 '히스테리아'에서 비롯된 것이다. 고대 그리스의 의사 히포크라테스Hipocrates 자신의 저서에서 '유달리 까칠하고 예민한 사람은 자궁의 뜨거운 기운이 올라오면서 이러한 성격이 비롯된다'고 저술한 뒤로 공공연히 사용되기 시작했다. 결론적으로 우리가 고른 답안은 [정답]이었던 셈이다. 히스테릭하다는 표현을 보고 여성을 떠올린 우리는 틀리지 않았다. 모두 히포크라테스가 의도한 바대로이기 때문에.

'유달리 까칠하고 예민한 사람'의 범주에서 자궁이 없는 자⁎를 단칼에 제외시킨 히포크라테스는 전 세계 의대생이라면 모두 알고 있을 '히포크라테스 선서'의 그 히포크라테스이며 서양에서 '의학의 아버지'라 일컬어지는 그 아버지다. 그는 고대 그리스(페리클레스 집권기) 시기 활동했던 의사로, 성경상 예수가 태어나기 400년도 더 전에 활동하던 사람이다. 언어의 힘이란 정말 대단하지 않은가? 그가 죽은 지 2,000년이 넘는 시간 동안 아직도 인류는 그가 고안한 단어와 관념을 그대로 계승해 사용하고 있으니 말이다.

그렇다면 히스테리적 성격을 가진 사람의 특징이라 일컬어지는, '예민함'이란 도대체 무엇일까? 사전적 의미를 찾아보면 바로 다음과 같다.

– 무엇인가를 느끼는 능력이나 분석하고 판단하

는 능력이 빠르고 뛰어나다.

- 자극에 대한 반응이나 감각이 지나치게 날카
  롭다.
- 어떤 문제의 성격이 여러 사람의 관심을 불러
  일으킬 만큼 중대하고 그 처리에 많은 갈등이
  있는 상태에 있다.

그러니까, '자궁이 있는' 여성들은 '자궁의 뜨거운 기운이 위로 올라오기' 때문에 위와 같은 성격적 특성을 보이곤 한다는 뜻이 되겠는데, 여기서 히포크라테스 생전의 배경을 짚고 넘어가지 않을 수가 없다. '그가 살던 과거에는 부장의 한낱 개인 소유물로 취급되던 여성이란 존재가 어떻게 저런 예민함을 공공연히 표출할 수 있었을까? 또 어쩌다 그런 신경 쇠약에 걸리게 된 것일까?'라는 질문이다.

미국의 시인 에이드리언 리치Adrienne Rich는 시 〈제니퍼 숙모의 호랑이들〉의 '뜨개질하는 여성'을 통해 10년

간 시인으로서의 삶을 포기하고 세 아이의 어머니이자 한 남자의 아내인 채 미국 중산층의 표본처럼 살아가던 자신의 우울했던 감상을 표현했다. 그가 생각하기에 여성에게 있어 전통적인 결혼생활이란 '상아로 만든 바늘의 무게'조차 버겁게 느낄 정도의 육체적, 정신적인 쇠락을 가져오는 박탈 및 억압 장치에 불과했다. 제니퍼 숙모가 바느질이 힘들었던 이유는 '숙부가 준 결혼반지의 육중한 무게', 즉 가부장적 결혼관 때문이었으며, 그 일상들은 화자의 영혼을 마비시키고 일상성을 박탈하는 '호된 시련들'로 표현되고 있다. 에이드리언 리치가 20세기 사람이라는 것을 상기해볼 때, 그보다 전 시대에 태어난 여성들은 얼마나 더 영혼을 짓누르는 환경 속에서 눈치를 보며 살아야 했을지 어렵지 않게 짐작해볼 수 있다.

기민한 여성들의 영혼 속에 누적된 정신적 피로는 자연스레 주변 환경에 민감하게 반응하는 '신경 쇠약자'를 탄생시켰을 것이다. 여성이 목소리와 함께 인간적인 권리를 요구한다는 이유로 그들을 침묵시키고 처벌하기 위해 몽둥이보다 더 효과적인 것은 '딱지 붙이기', 즉 라벨링이 전부였다. 이것이 바로 언어가 가진 힘이다. 자신이 처한 상황의 부조리를 직감적으로 깨닫고 이에 저항하고자 하는 여자들의 표현을 '히스테릭'이라는 단어 하나로 철저하게 병자 또는 이상자로 취급하며 묵살하는 쪽이 애써 몽둥이를 휘두르며 힘을 빼는 쪽보다 훨씬 경제적이고 효과적이지 않은가?

그러다 보니 '몸과 마음이 꽁꽁 묶이고 입이 틀어막힌 이들은 여성적이라고 생각되었으며, 잠깐씩 그 족쇄에서 빠져나온 여성들은 불량하다고 매도되며' 지배층은 언제나 철저히 언어적 권력을 십분 활용하여 피지배층을 통제하고 억압하고 관리해온 것이다. 그리고 이것은 하나의 가부장적인 문화로 자리 잡아 현재까지 고스란히 계승되고 있다. 우리가 다음과 같은 새로운 관점, 다시 말해 여성의 우울증과 신경 쇠약에 대한 현대적 연구들을 확보할 수 있게 되기까지 2,000년이 넘는 시간이 걸렸다는 사실이 새삼스러워지는 순간이다.

여성의 우울증에 대한 모든 문헌을 검토하고 유
전학에서부터 월경 전 증후군, 피임약 등 다양한
요인들을 테스트해본 저명한 건강 연구자 제럴
드 클러먼Gerald Klerman과 미르나 와이즈먼Myrna
Weissma은 여성 우울증에는 2가지 원인밖에 없
음을 확인했다. 그것은 바로 낮은 사회적 지위와
결혼이었다.

물론 근래에 사회의 변화와 더불어 여성과 남성 간의
불평등이 어느 정도 새로운 국면에 접어들어 불평등이
해소되는 방향으로 진행되고 있다고는 하지만, 여전히
언어적 표현에 있어서는 차별적 표현이 빈번하게 사용되
고 있다.

언어의 다른 힘은
의미의 전복이다

"엄마 나를 죽이지 말아요. 엄마, 저도 태어나고
싶어요."

불임 전문의들은 수정된 난자를 신생아의 지위로 격
상시킨 것도 모자라 여성 환자를 '자궁 환경'이나 '인큐
베이터'로 격하시키며 언론과 매체는 이를 적극적으로
기사화시키고 공익 프로그램 표어로 활용하며 낙태 수
술에 대한 부정적 선입견을 심음과 동시에 혼전 순결을
지키지 못한 여성을 향한 혐오(신생아 살인자)를 담아냈
다. 아직 온전히 팔다리도 형성되지 않은 '신생아'의 권
리가 그토록 중요하여 엄마의 권리는 침해당하는 것도
모자라 모욕까지 당해야 했던 것이다.

그리하여 여성들은 '살인자'가 되지 않기 위해 아무
리 자신의 몸에 해롭다 할지라도, 또는 창창한 미래가

있는 미성년이라 할지라도 합법적으로 중절 수술을 감행할 수가 없었다. 낙태와 관련된 표어에서 아버지의 존재는 부재하며, 혼외 출산을 한 여성에게 '미혼모'라는 딱지가 붙을 때에도 아이의 아버지들은 '미혼부'라는 딱지를 유유히 피해갔다.

'간음하다', '간통하다'라는 뜻을 가진 간사할 간(姦)자에는 3명의 여자(女)가 그려져 있다. 부권의식이 강했던 고대 중국에서 여성을 향해 가졌던 낮은 인권의식이 문자 형성에도 그대로 영향을 미친 것을 보여주는 대표적인 예다. 그 외에도 시끄러울 난(奻)자와 같이 계집 녀(女)자가 들어간 문자는 대부분이 부정적인 뜻을 가지고 있다. 페미니즘 비평에서 우리 사회의 '자연적인 어법'이란 남성 중심주의적인 어법이라는 얘기가 나오는 이유다. 한자 외에도 우리가 무의식 중에 사용하던 속담이나 표현 등에도 이러한 '가치 판단'이 개입돼 있는 경우가 대부분이다. '암탉이 울면 집안이 망한다', '계집 때린 날 장모온다', '종로에서 뺨 맞고 집에 와서 계집 찬다', '아이 밴

계집 차기', '여자 셋이 모이면 새 접시를 뒤집어놓는다', '남자는 배짱이요 여자는 절개다' 등 당대 사회에서 여성의 지위와 아내에 대한 인식과 대우가 어떠했는지 직관적으로 알 수 있으며 동시에 그러한 관념을 언어 사용을 통해 후대로 계승하는 효과까지 지니게 된다.

'신문 기사 헤드라인을 장식하는 '녀' 라벨링도 언어적 도구의 예로 들 수 있다. '트렁크 속 여성 시신' 살해 용의자를 체포했다는 뉴스에서도 '트렁크녀' 살인 사건이라는 지칭이, 대학생이 살해된 사건에는 '여대생 살해 사건', 채팅 어플을 통해 그루밍 성범죄를 한 30대 범죄자 기소 건에도 '채팅녀 8명 성폭행' 등 언론사 헤드라인은 가해자가 아닌 피해자의 성별과 신상에 주목한다. 이러한 표현은 기사를 읽는 이로 하여금 가해자의 악함이나 비도덕성에 주목하게 하는 것이 아니라, 피해자의 또는 무력함과 연약함을 피력함과 동시에 피해자의 특정한 언행이나 모습 자체가 가해를 일으킬 만한 동기(욕망)를 부여했다는 연상을 무의식 속에 심어주는 역할을 수

행한다. 남성에게 '어떤 환경에 노출이 되든 성폭행을 하지 마라'는 인식 개선을 요구하는 메시지는 되려 여성들에게 '밤 늦게 돌아다니지 말 것', '짧은 치마를 입지 말 것' 등등을 강조하는 메시지로 치환되어 피해자의 행실에만 잣대를 들이댄다. 여성이 '잘 처신하지 못하여' 또는 나약해서, 사회적 지위가 낮아서 타깃이 되었다는 인식을 가지게 만드는 것이다. 반면 N번방 사건과 같은 남성이 일방적인 가해자가 된 성범죄를 다루는 기사에서는 그들이 '범죄자' 또는 (자칭) '악마'가 될 수밖에 없었던 불우한 서사에 집중함으로써 공감과 동정표를 받아 마땅할 존재로 미화시키기도 한다. 범죄자 조씨의 아버지가 "마녀 사냥을 멈춰라. 아들이 여성을 혐오하게 만든 사회를 탓해라"라고 내뱉은 말을 매체에 싣는 맥락도 위와 유사하다고 볼 수 있다.

　같은 맥락에서, 우리는 자신이 '미혼'인지 또는 '비혼'인지 확실히 정의를 내릴 필요가 있겠다. 두 단어는 혼동되어 사용될 소지가 있기 때문이다. 미혼未婚은 '아직

~하지 못하다'는 뜻을 담고 있는 미*자를 혼인할 혼*
자 앞에 붙여서 아직 결혼하지 못한 사람, 미래의 언젠
가 결혼할 의향이 있지만 상황상 아직 그 뜻을 이루지
못한 사람이라는 의미를 가지고 있다. 이는 결혼이 정상
적인 상태 또는 삶의 형태라는 전제를 깔고 있는 단어로
서 싱글, 독립 가구를 미완의 상태 및 불안정한 상태로
치부함과 동시에 이러한 라벨이 붙는 객체에게 무언가
결핍되어 있다는 느낌을 준다.

이에 반해 '비혼'이나 '반혼'의 경우 부정을 뜻하는
'아닐 비*'자 또는 '반대할 반*'을 혼인을 나타내는 한
자 앞에 붙여 결혼이란 한 인간이 자율적으로 선택할
수 있는 생애 주기의 한 형태 중 하나라는 의미를 분명
하게 드러내고 있다. 또한 '반혼'은 가부장제에 반하는
정치적 스탠스로써 결혼 제도에 동조하지 않겠다는 뜻
을 내비치기 위해 일부 1인 가구원들이 사용하기 시작
한 것을 계기로 아직 보편적으로 받아들여지고 쓰이고
있지는 않지만, 비혼을 대체하거나 보완하는 단어로 점

점 더 확산되고 있다.

　이처럼 사회의 지배층들은 언어적 도구를 이용하여 대다수의 인식을 형성하고 그를 통해 특정 대상을 향한 대중의 보편적 태도까지 결정짓고 있다. 우리가 평소 세심하게 그 의미를 쪼개어 들여다볼 필요성이 요구되는 이유다. 언어적 도구야말로 인간이 세상을 바라보는 프레임을 재단하고 못박는 가장 효과적인 권력 도구이기 때문이다.

PART 01 나 하나 키우기에도 충분한 삶

- Kittredge Cherry(공저). (2002). 《Womansword: What Japanese Words Say About Women》.

- 쇼쇼. (2018). 〈아기낳는만화〉

- 스티븐 헤렉. (1996). 〈101마리 달마시안〉

- 중국 국가통계국 출처, HYPERLINK "http//www.stats.gov.cn/english/"http://www.stats.gov.cn/english/.

- 수전 팔루디. (2017). 《백래시》, 아르테.

- 리베카 솔닛. (2015). 《남자들은 자꾸 나를 가르치려 든다》, 창비.

- 문채영, 박소희, 이윤수, 이현정. (2020). 〈주관적으로 판단한 본인과 부모의 경제수준에 따른 청년 1인가구의 주거실태과 주거기대〉. 한국생활과학회지, 29(3), 421-435.

- 김은주. (2019). 〈[발표] 제4물결로서 온라인-페미니즘〉. 한국여성철학회 학술대회 발표자료집, 21-38.

- Lee, C. S. (2012). 〈Sociodemographis factors in non-marriages in Korea〉. Social science studies, 38(3), 49-71.

- Kim, S. R. (2007). 〈Social construction of new life course: A study on the single culture of the highly educated never-married women〉. Unpublished master's thesis, Seoul National

University, Seoul, Korea.

- Information Office of the State Council Of the People's Republic of China. (1995). "Family Planning in China". Embassy of the People's Republic of China in Lithuania. Section III paragraph 2.

- 〈BBC NEWS 코리아〉. (2021). "중국: 14억 인구대국 저출산 걱정에 '세 자녀' 허용하기로", HYPERLINK "https://www.bbc.com/korean/international-57306515"https://www.bbc.com/korean/international-57306515.

- 서용석. (2015). 〈인구구조변화와 미래세대 간 격차〉. 2015 대한노인정신의학회 추계학술 대회 및 연수교육 자료집.

PART 02 외로워도 슬퍼도 홀로 멋지게 사는 법

- 무라카미 하루키. (2016). 《직업으로서의 소설가》, 현대문학.

- 버지니아 울프. (2006). 《자기만의 방》, 민음사.

- '푸른 도화선 속, 꽃을 몰아가는 힘이' 딜런 토마스(1914~1953)

- 장 폴 사르트르. (2020) 《구토》, 문예출판사.

PART 03 지속 가능한 비혼 라이프를 위하여

- 버지니아 울프. (2006). 《자기만의 방》, 민음사.

- 김영정, 구화진. (2019). 〈1인가구 주거공동체 및 사회적 관계 활성화 방안〉. 서울시 여성가족재단 연구사업보고서, 1-190.

- 호정화. (2014). 〈비혼과 1인 가구 시대의 청년층 결혼 가치관 연구〉. 한

국인구학, 37(4), 25-59.

- 김혜영. (2007). 〈1인 가구의 비혼 사유와 가족의식〉. 한국사회학회 사
  회학대회 논문집, 1041-1057.

- 이미정. (2017). 〈비혼여성공동체로 사는 이야기〉. 여/성이론(37), 331-
  340.

- 〈씨리얼〉. (2020). "기억을 잃어도 삶은 계속된다", HYPERLINK
  "https//youtu.be/8N2EYuzNrsc"https://youtu.
  be/8N2EYuzNrsc.

- 〈매일경제〉. (2019). "'결혼하지 않아도 가족 될 수 있다'…생활동반자
  법이란?", HYPERLINK "https//www.mk.co.kr/news/society/
  view/2019/11/965108/"https://www.mk.co.kr/news/society/
  view/2019/11/965108/.

- 〈미디어SR〉. (2015). "1인 여성가구의 행복, 그리다 협동조
  합",HYPERLINK "http//www.mediasr.co.kr/news/articleView.
  html\?idxno=14944"http://www.mediasr.co.kr/news/
  articleView.html?idxno=14944.

- 〈경향신문〉. (2019). "비혼 1인가구, '청년'과 '신혼부부' 사이 사라
  진 보금자리", HYPERLINK "http//news.khan.co.kr/kh_news/
  khan_art_view.html\?art_id=201910162052005"http://
  news.khan.co.kr/kh_news/khan_art_view.html?art_
  id=201910162052005.

부록

- 롤랑 바르트. (2002). 《텍스트의 즐거움》, 동문선.

- 김은주. (2017). 《생각하는 여자는 괴물과 함께 잠을 잔다》, 봄알람.

- 클라리사 에스테스. (2013). 《늑대와 함께 달리는 여인들》, 이루.

- 이성하. 〈영어와 영·미문화〉. 외국어대학교 이성하 교수 수업 자료 참고, HYPERLINK "http//elearning.kocw.net/document/lec/2012/ Hufs/RheeSeongHa/04.pdf"http://elearning.kocw.net/ document/lec/2012/Hufs/RheeSeongHa/04.pdf.

- 제민경, 박진희, 박재현. (2016). 〈성차별적 표현에 대한 언어인식 교육 방향 탐색〉. 국어국문학, (175), 79-114.

- 허재영. (2013). 〈언어 권력에 대한 연구 경향과 사회언어학적 접근법에 대하여〉. 사회언어학, 21(3): 283-306.

- 〈나무위키〉. "히스테리아의 정의", HYPERLINK "https//namu.wiki/w/ %ED%9E%88%EC%8A%A4%ED%85%8C%EB%A6%AC"htt ps://namu.wiki/w/%ED%9E%88%EC%8A%A4%ED%85%8C% EB%A6%AC.

- 신동윤. 〈한자로드⑧〉. 간음할 간姦 회의문자 해석, HYPERLINK "https//hanja.dict.naver.com/hanja\?q=%E5%A7%A6&cp_ code=0&sound_id=0"https://hanja.dict.naver.com/ hanja?q=%E5%A7%A6&cp_code=0&sound_id=0.

- Evans, Graham, Newnham, Jeffrey (EDT), Evans, Graham (EDT), Newnham, Jeffrey. (1998). 《Penguin Dictionary of International Relations》, 512-3.

외로워도 슬퍼도 발랄 유쾌 비혼 라이프

이번 생은 나 혼자 산다

초판 1쇄 발행 2021년 7월 9일
지은이 엘리

펴낸이 민혜영
펴낸곳 (주)카시오페아 출판사
주소 서울시 마포구 월드컵로14길 56, 2층
전화 02-303-5580 | **팩스** 02-2179-8768
홈페이지 www.cassiopeiabook.com | **전자우편** editor@cassiopeiabook.com
출판등록 2012년 12월 27일 제2014-000277호
책임편집 진다영
책임디자인 최예슬
편집 최유진, 위유나, 진다영, 공하연 | **디자인** 고광표, 최예슬
마케팅 허경아, 김철, 홍수연

* 잘못된 책은 구입하신 곳에서 바꾸어 드립니다.
* 책값은 뒤표지에 있습니다.